馭鮫記

貳

九鷺非香 著

网易云阅读

Kadokawa Fantastic Novels DX

目錄

第十一章　決絕與守護

月色涼，透過薄雲，遍照山河。

靜謐夜色中，萬千山河裡，一處林間，略顯倉皇。

夜鴉嗚啼，猶如催命之聲，月夜樹影間，銀髮男子捂著肩頭，倉皇而走，其奔走的速度極快，而在他身後，追兵打馬之聲也不絕於耳。

長意回頭一望，身後打馬追來的人當中，紀雲禾赫然在列。

根本無意多做感傷，一咬牙，轉頭急奔，忽然間，四周樹木退去，面前出現一片空地，他往前多跑幾步，一陣風自前方吹來，他陡然停住腳步。

在他身前，是一道斷崖，再無去路。

長意回頭，身後追兵已經驅馬趕到，便是這片刻時間，他們便訓練有素地將他圍了起來，呈半圓狀，將他包圍其中。

軍士們都沒有動，唯有紀雲禾從馬背上下來，拎著劍一步一步靠近他。

長意轉頭看了一眼身後的懸崖，再回頭來，直視面前不復溫和的紀雲禾。

他挨了紀雲禾一掌，體內妖力一時不足以支撐他行踏雲之術。退一步萬丈深淵，可近一步……又何嘗不是深淵。

紀雲禾停在他面前一丈遠。

天上薄雲破開，月光傾灑這方圓之間的斷崖，將他們月下的影子都拉長了。長意看見自己的影子被拉到紀雲禾腳下，而紀雲禾便踩在他影子的咽喉間。

紀雲禾道：「沒有退路了。」

長意沉默地看著自己的影子就這樣被紀雲禾踐踏，死死貼在那地上，毫無反抗之力。

紀雲禾抬起劍，拔劍出鞘，將劍鞘隨手扔到一旁，劍尖直指長意。

長意這才將目光從那影子上挪開，看著紀雲禾。他藍色的眼瞳中映出了寒劍光芒。

他的薄唇微動，道：「我不相信。」

及至此刻，他依舊看著紀雲禾，如此說著。

夜風浮動，將他的話帶到了紀雲禾耳邊，但他的言語，並不能擋住她的劍刃。

紀雲禾眸光冰冷，毫無預警地，便在這蒼涼月色下，向他動了手。

直至劍尖沒入胸膛，長意在巨大的絕望之中，甚至沒有感受到胸腔的疼痛。

胸膛是麻木的，整個身體從眉心到指尖，都是麻木的。他唯一的感覺便是涼。

他只覺得涼。

透心徹骨的寒涼。

紀雲禾這一劍穿胸，力道之大，徑直將他刺到了崖邊。

他根本無力反抗，或者說，根本沒有反抗。

他只是看著紀雲禾，看著她漆黑眼瞳中的自己。他看見自己的狼狽、不堪，也看見自己的呆滯、彷徨。而紀雲禾沒有絲毫情緒的波動。

風聲倉皇，將耳邊所有聲音都帶遠。遠處趕來的黑甲將軍與白衣馭妖師都已經不在長意此時的視線之中。

身體摔下懸崖的那一刻，風聲撕碎了這個身體，卻沒有撕碎紀雲禾如月色一般的目光。

我不相信……

他還想說話，但已全然沒了力氣，下墜的風與崖下的黑暗帶走了一切。

他的整個世界沉寂了。

「住手！公主要留活物！」

朱凌的聲音刺破夜空，未傳入已墜下懸崖的長意耳中，卻傳入了紀雲禾耳中。

而伴隨他的聲音而來的，是一道白色的身影，那身影御劍而來，欲直接掠過紀雲禾，跟著飛到懸崖下方，試圖將掉下墜崖的鮫人撈回，但未等他飛過懸崖一寸，他腳下的劍便倏爾被一道怪力打偏。

姬成羽身形一轉，堪堪在空中停住身形，但未等他再追去，只聽「噹」的一聲，腳下寒劍應聲而斷。

姬成羽只得縱身一躍，落於地面。他與身後追來的朱凌看著地上斷劍，皆有幾分愣怔。

姬成羽轉頭，目光徑直看向斬斷他長劍的力量來源。是紀雲禾。

她還穿著那身馭妖谷的布衣，周身氣場卻全然不一樣了。

她抬起右手，併攏食指與中指，將劍上殘留的鮫人血一抹，隨後用沾染了鮮血的指尖觸上自己的額頭，在額頭上用鮫人血畫上了兩道血痕。

宛如那些塞外的蠻人，在自己身上畫下信仰的圖騰。

她執劍轉身，手中劍花一轉，在空中留下寒涼劍氣。

「今夜，過此崖者，誅。」

她橫劍攔在懸崖邊，背對崖下的萬丈深淵。月色透過她的身影，似乎都染上了殺氣與血腥味。崖底湧上的長風帶著寒涼的水氣，令戰馬躁動，馬蹄踏著，不聽控制地往後退。

她似乎便在這一瞬，從白日那平凡的馭妖師變成了一個煞神，如她所說，若有人敢越雷池，誅。

「放肆！區區戲妖奴膽敢阻攔我等！」

朱凌偏是不信邪的那個，他惡狠狠地打馬，用腳上馬刺狠狠扎了身下馬匹，馬兒受驚，一抬前蹄，徑直衝紀雲禾而去。

「朱凌！」姬成羽要攔，那馬已經騎了過去。

姬成羽不敢耽誤，立即手中結印，將旁邊軍士腰間的長劍一吸，握在手中，飛身上前，趕在朱凌之前對紀雲禾動手。

紀雲禾擋住姬成羽的劍，旁邊朱凌的大刀又劈了下來，紀雲禾右手快速結印，空手擋下朱凌手中大刀。

朱凌見狀，冷叱道：「雕蟲小技！」他收刀一轉，又是一聲大喝，再是一刀砍來。

紀雲禾根本未將他放在眼裡，手中結印，光華一轉，朱凌大刀立時被彈了回去。朱凌翻身，躍下戰馬，沒了背上人的控制，那戰馬立即發足狂奔，逃離而去。

而在紀雲禾右手應對朱凌之際，遠處將士倏爾拉弓，一箭射來，穿過紀雲禾耳邊。

朱凌轉身下令道：「你們找路下懸崖，這鮫人，活的本將要，死的，本將抬也要抬回京師！」

「得令！」士兵高聲一應。

紀雲禾當即目光一凜，但見他們要拉轉馬轡，她抽回擋住姬成羽的劍，生生挨了姬成羽一劍，將手中長劍擲出。長劍飛旋而過，眾軍士的馬匹盡數被斬斷腿腳！

戰馬痛苦嘶鳴，將士們齊齊落馬。

紀雲禾咬牙，一手握住姬成羽手中長劍，一聲厲喝，以肉身折斷了那長劍，而折斷的那斷劍，她往朱凌那方一擲，朱凌身手敏捷，矮身一躲，卻還是未躲過，頭上的冠被斷劍徑直斬斷，黑髮登時披散下來，讓他顯得狼狽又難堪。

紀雲禾周身靈力蕩出，擋開姬成羽。

她捂著肩上被姬成羽砍出的傷，以殺氣凜冽的目光掃視眾人。

「誰還要走，我便要誰腦袋，說到做到。」

*

崖上，戰馬哀鳴聲不絕於耳，月色似乎都染上了腥氣，紀雲禾所立之處，地上也被血水滴滴答答地染紅。鮮血從她左手滴落，那指尖痙攣似的顫抖著。儘管如此，紀雲禾的眼瞳卻比天上明月還要亮。

她獨立崖邊，身後萬丈深淵下湧上的水氣讓她安心。

崖下有河。

鮫人的癒合能力以及身體的強悍，紀雲禾心裡有數。她會傷他，卻不會讓他死。所以，讓長意掉下崖底的河水，被水沖走，是再好不過，但是說不準下面會有什麼意外，所以她要盡量幫長意爭取時間，讓長意逃走。

哪怕就她一人，只能再多擋一瞬，也好。

姬成羽看著宛如要豁出性命的紀雲禾，手中長劍一凜。

「紀雲禾，妳身為馭妖谷護法，可當真清楚自己現在在做什麼？」

「再清楚不過。」

她答得果決，姬成羽眸光一凝，手中長劍起勢，將靈力灌注劍中，說：「既然如此，便休怪我動真格。」

紀雲禾抬頭看他，白衣少年風度翩翩，她忍不住勾唇諷笑：「皆是被隱脈所累之人，何必……」

「少與她廢話！」朱凌一聲厲叱，打斷紀雲禾的話。他持刀割斷自己頭上的斷髮，不讓無髮冠束縛的長髮遮擋自己的視線。黑髮被他棄如敝屣，狠狠丟在地上。「先誅此賤奴！再追鮫人！給我上！」

他一聲令下，眾將士高聲一喝，皆舉刀向紀雲禾逼近。

紀雲禾望了眼身後深淵。

深淵之下，黑暗無邊，她再回過頭，目光之中的果決卻比剛才更加堅定。

她垂著已經使不上半分力的左手，向前踏出一步。沾滿鮮血的右手從左肩上放開，沒有外力壓住，她左肩上的血登時淌得更厲害。

紀雲禾面色蒼白，卻好似根本不知痛似的，一步一步迎向面前的一眾軍士。她右手結印，要將那擲出去的斷劍收回。沒入土地之中的斷劍受到召喚，剛離地而出，卻被一劍擋下，「叮」的一聲徑直被打下深淵。

姬成羽目光冷然地看著紀雲禾道：「妳走錯路了。」

話音一落，姬成羽身影幻化成光，如箭一般向紀雲禾殺來。一招一式，凜冽至極，如他所說，果然沒有再留餘地。

紀雲禾沒了武器，又幾乎斷了一隻手，只得用右手結印，令靈力附著在自己的血肉之軀上，拚命抗擊著姬成羽的攻擊。

然而，不只是姬成羽，旁邊的朱凌也提大刀衝入了戰局。

朱凌並無靈力，但與姬成羽卻配合得天衣無縫，一人以靈力攻她上路，另一人必亂她身法；一人全力進攻，另一人便守得固若金湯……

紀雲禾本就體弱，一番消耗，當即再抵擋不得，連連挨了姬成羽三劍，又被朱凌一刀削在了膝蓋上！

她一聲悶哼，單膝跪倒在懸崖邊。

朱凌心急，要一刀斬下她的頭顱，姬成羽卻沒有跟上，便是在這一瞬間，紀雲禾右掌一動，狠狠打在朱凌腹部。

這一掌力道之大，朱凌渾身一顫，大刀脫手，連連退出十步遠，倒在地上，一口鮮血吐出，胸前黑甲竟然全都碎成了粉末。

眾人驚駭。

姬成羽也是心下一沉，立即躍到朱凌身邊，唸訣護住他的心脈。姬成羽探看朱凌傷勢，心驚不已，只道若不是朱凌這身玄鐵黑甲護身，此時怕是心脈都已被震碎！這紀雲禾本該已是強弩之末，竟還有這般功力……

紀雲禾撿了朱凌落在地上的大刀，右手撐著大刀，用一條腿又站了起來。

「還有……誰？」

她一身鮮血淋漓，聲音也嘶啞得不成樣子，但她還是站了起來，守在崖邊，宛如從地獄中爬出的煞神，要守護地獄之門。

朱凌捂住胸膛，動了動手指道：「殺！鮫人……必須追回。」

姬成羽壓住他的胸膛不讓他起身，用靈力護著他的心脈，轉頭看了眾將士一眼道：「放箭。」

眾將士這才從被紀雲禾震懾住的氣氛中驚醒。他們急忙從斷腿的馬匹背上抽出弓箭，眾人齊齊拉弓，姬成羽一揮手，弓箭的箭尖均被覆上了一層薄薄的白色靈力。

「放！」

他一聲令下，眾箭齊發。

萬丈深淵前，紀雲禾無路可退，當鋪天蓋地的箭雨向她殺來時，她依舊不願放棄，高聲一喝，以單腿起身在空中一旋，大刀如盾，將所有箭雨盡數擋下。

可箭雨並未停下，又如傾盆大雨而來，及至第三波，紀雲禾已被耗掉所有力氣。先是右臂中箭，她咬牙用嘴咬在箭身上，生生將羽箭從自己的肌肉之中拔出，皮肉撕裂，鮮血噴湧，箭拔了出來，但她的右手也幾乎廢了，再也無法舉起大刀，而正在這時，又一隻羽箭射來，直中她的另一隻膝蓋。

紀雲禾再也無法站穩身體，當即雙膝跪下，唯有右手還握著刀柄，刀立在地上，成為了她身體的最後支撐。

她沒有倒下。

幾乎沒人能理解，她為什麼還沒倒下。

她垂著頭，似乎已經整個人昏厥了過去。

空中還有羽箭飛來，射中她的肩頭，而她像一塊肉靶，受了這一箭，也全然沒有反應……

她好像死了。

終於流盡了血，用盡了力，拚盡了這條命。

以一個僵硬的姿勢，死在了萬丈懸崖邊。

姬成羽看著跪在那方的紀雲禾。她像一個雕像，訴說著馭妖師最落魄又可悲的結局。

姬成羽認為她死了。他轉過頭，看著也已經昏厥過去的朱凌，護住他心脈的手不敢放，只得轉頭命令道：「你們幾人，去找大夫，快。你們，尋路下懸崖，追鮫人。」

「是！」

將士剛領了命，還沒邁開一步，忽覺平地狂風驟起，一陣風強過一陣，宛似巨浪，擊打著眾人。

風聲呼嘯，烏雲在天空中凝聚，遮蔽了月色，令這夜霎時變得陰森可怖。

眾人幾乎被狂風吹得要站不住腳跟。他們忍不住轉頭，看向狂風忽起的崖邊。

在那處，紀雲禾依舊跪著，用刀撐著身體。她還是垂著頭，一動未動，而她周身飄起了黑色的氣息，黑氣拉扯著她的頭髮與衣袍，在她四周混亂地旋轉著。

這狂風，便出自她周身。

黑氣翻湧，又慢慢凝聚，漸漸地，漸漸地……在她身後，凝聚出了尾巴的形狀。

一條、兩條、三條……黑氣越來越多，越來越濃郁，片刻之後，在眾人注視下，紀雲禾背後竟然出現了九條妖異舞動的黑色尾巴。

「妖……妖怪……」

軍士們震驚不已。

姬成羽看著那方的紀雲禾，雙目因為驚訝而睜大，在極致震驚之中只吐出了三個字：

「九……尾狐……」

紀雲禾的頭微微一動，散亂髮絲間，一雙腥紅的眼瞳透過黑氣，盯在了姬成羽身上。

「誰敢追？」

＊

黑氣蔓延，令狂風呼嘯，似將地獄陰氣都捲上九重天。

紀雲禾渾身被割開的鮮血淋漓的傷口都被黑氣灌入，像有來自另一個世界的一雙手，止住了她流淌的血，也將她被挖去的肉都補上。

那九條妖異的黑色狐尾，有一條飄到了紀雲禾身前，將她身上的羽箭都拔出，摔在地上。羽箭隨即化為黑色的粉末，在狂風中化為無形。

狐尾似乎也給了紀雲禾力量，讓她重新站了起來。

黑髮飄散，在空中拉扯出詭異的形狀。

眾將士無不驚駭，饒是朝廷再訓練有素的將士，面對這樣的力量和妖氣，也幾乎控制不住手抖。他們無力再抬起手上的弓箭，紛紛向後退，一步一步，退到了姬成羽身後。

朱凌此時已經昏厥過去，姬成羽不敢放開護住他心脈的手，只得待在遠處，錯愕地看著紀雲禾。

他不解至極。

他在國師府修行多年，所見馭妖師與妖怪不計其數，再強大的妖怪，也不可能藏住身上的妖氣，半點不漏。而馭妖師天生所帶的雙脈靈力更是與妖怪天生的妖力相沖。

從古至今，無論是史書還是外傳上都沒有記載，曾有人，既可擁有馭妖師的雙脈，又可以擁有妖怪的妖力。

這紀雲禾……到底是為何……

未等姬成羽多做他想，紀雲禾一步踏出，忽然之間，大地震顫，黑氣盤旋，天空之中烏雲更重。紀雲禾腳步向前邁動，她身後黑氣凝成的妖尾將凌亂插在地上的羽箭掃過。

一時間，羽箭上都覆上了黑氣，數百隻羽箭凌空飄起，箭尖倒轉，指向姬成羽與眾將士，宛如一面蓄勢待發的箭牆，在狂風之中穩穩跟在紀雲禾身後。

當箭尖上時隱時現的寒光面向自己時，眾人終於感到了更加切實的威脅。

來自死亡的威脅。

看著紀雲禾髮絲搖晃之間偶爾露出的腥紅眼瞳，眾人無不膽寒。不多時，未等紀雲禾走出一丈，眾人便紛紛丟盔棄甲，慌亂奔逃而去。

姬成羽根本無法喚回眾將士。此時的紀雲禾，完全喚醒了所有人內心對死亡最真實的恐懼。

她很強大，遠比她現在表現出來的要強許多。

而姬成羽看著她卻沒有動。他不能走，朱凌身受重傷，他必須護住朱凌心脈。

所以他只能看著紀雲禾一步一步走到他身前。

及至到了他跟前三步，紀雲禾停住腳步，身後的羽箭紛紛指向地上的姬成羽。

姬成羽仰頭看紀雲禾，那黑氣之中的鮮紅眼瞳，比遠觀更加可怖十倍。

他額上冷汗涔涔，護住朱凌心脈的手也不受控制地發起了抖。

「你不跑？」紀雲禾開口。

「我不能跑。」

紀雲禾看著他和朱凌，看著他此時還在保護朱凌，沉默了許久，隨即一抬手……

姬成羽幾乎認為自己要命喪於此了，是以在黑氣翻飛間，姬成羽緊緊閉上了眼睛。

但下一瞬，卻只是額頭上傳來了冰涼的觸感，這微涼的體溫，是屬於妖怪的體溫……

額上綬帶被拉了下來，但紀雲禾並沒有傷他。姬成羽睜開眼，但見渾身黑氣的紀雲禾將他那純白的綬帶握在手中，風瘋狂拉扯著那綬帶，而紀雲禾的聲音很平靜，甚至算得上溫和。

「這天下，山河萬里，風光大好，為何要給它辦喪？」

紀雲禾一鬆手，白色的綬帶隨風而去。她身側的數百隻羽箭在此時悉數落地。

姬成羽仰頭望著紀雲禾，幾乎看呆。

她沒有殺氣，沒有戾氣，在這黑氣翻飛間，甚至帶著幾分異樣的……悲憫。

這個紀雲禾……到底是什麼人？在她身上，到底藏著什麼過去和祕密？

而在下一瞬，凌厲的白光劈開天上厚沉的烏雲，一道白光彷彿自九重天而下，破開黑暗，滌蕩烏雲，使明月再開，萬里星空再現。

被風吹走的白色綬帶倏爾被一隻略顯蒼白的手在空中拽住。

來人落於崖邊，一襲白衣，映照著月色，彷彿傳說中踏月而來的謫仙。

綬帶在他手中飛舞。他轉頭，看向身側依舊纏繞著九條黑色尾巴的紀雲禾。

「妖非妖，人非人。」他打量紀雲禾，天生帶著九分凜冽的眼睛微微瞇起，令人見而生畏。「妳到底是何物？」

紀雲禾鮮紅的眼瞳靜靜看著來人，未及答話，旁邊的姬成羽便喚道：「師父……」

國師府雖弟子眾多，但入國師府的門徒，都師從一人，門中只有師兄弟、師姊妹。被姬成羽喚為「師父」的人，這全天下，怕只有那一人才擔得起……

「大國師。」

紀雲禾吐出了這三個字。

她曾於無數人口中聽過這個名字，關於他的故事或者傳說，江湖遍地都是。他也被寫入書籍裡，包括正史、外傳。在這個天下，無人不知道他的存在。

他歷經當朝幾代帝王，一手建立了而今這世界，人、妖和馭妖師之間的相處規則。

他是這天下至高無上的存在，更甚過那些虛妄的帝王將相。

他從未見過紀雲禾，甚至未聽聞過這樣一個渺小的馭妖師的存在，但對紀雲禾而言，這個只在書裡、傳說裡、故事裡聽過的人，卻從一開始便操縱了紀雲禾的人生——直到現在。

或許，這便是大人物與小角色之間必然的連繫。

大人物的呼吸之間、談吐之中，便是多少人的一生。

紀雲禾，只是這渺小「多少人」的其中之一。

她看著大國師，從未想過，有朝一日在自己活著的時候，竟然還能見到這無形之中讓自己走到了這一步的人。

紀雲禾一時間竟覺得有些好笑。

她忽然間開始揣測命運的意圖。

命運給了她雙脈，令她顛沛流離，令她自幼孤苦，卻又給了她一身反骨，不甘心於此，不願止步方寸之地，非要求那自由，非要見那天地。

而終於，又讓她遇見了長意，讓她見到了純粹的靈魂，讓她擁有了一定要保護的人。

讓她一步一步，走到了此時此刻。

而此時此刻，命運又好似無端地給了她這一身躁動不安的力量，還讓她見到了這「罪魁禍首」。

紀雲禾轉動腳步，與此同時，尾巴掃過地上的羽箭，那箭便似離弦一般，徑直向大國師射去！

一言未發，一字未說！紀雲禾竟是直接對大國師動手了！

*

那一日的爭鬥，在此後紀雲禾的記憶當中，變得十分模糊。

她只記得一些開始和結束的零星片段。她知道自己殺向大國師時，那迎面而來的巨大靈力變成的壓力，似乎要撕裂她身上每一寸肌膚，壓斷她每一寸骨頭。

但她還是殺了上去，那些血腥味與她胸腔中充斥著的強烈殺意幾乎不受她的控制。她沒用武器，像個真正的妖怪一樣，用利刃一般的指甲，以血肉之軀撲殺而上。

那一場爭鬥，最後的結果，是她敗了。

以撕碎大國師衣袖的戰果敗於大國師劍下。

她指尖抓著大國師雲紗的白袖，大國師的劍卻直指她的咽喉。但大國師沒有殺她，而是將她擊暈了過去。

慘敗。

這幾乎是紀雲禾在動手的那一刻就預想到了的結果。

大國師是何許人也，從百年前鼎盛的馭妖師時代走來的至尊者，在那時便站在了馭妖師的巔峰。

更遑論如今……

大國師年歲幾何，而今已無人知曉，但百年以來，他的面容分毫未改，便可知其人身體與修為都已至化境，連時間也未能摧折他分毫。

這世上，怕是再無人能出其右。

但那一日的爭鬥，還是有很多事，是出乎紀雲禾預料的。

而這些事，她雖然記不得了，姬成羽卻和她說了——當她被大國師抓回來，關在國師府的囚牢中時，姬成羽和她說的。

他說她那晚與大國師的爭鬥，摧了山石，斷了崖壁，令風雲變色。她自身的妖氣裹挾著那夜的風，從名不見經傳的斷崖吹遍天下。南至馭妖谷，北到皇都京師及其他三方馭妖之地，皆有所感。

世間皆道，天下又出了與青羽鸞鳥一般強悍的異妖，有人說是鮫人逃走時鬧出的動靜，有人說，是青羽鸞鳥前來拯救鮫人，兩人合力而為。

江湖傳言，一個比一個離譜。

而朝廷，始終沒有出面說個所以然。

因為大國師給姬成羽下了命令，這一夜的事，不許再與其他人說。

大國師要紀雲禾成為一個祕密。

一個被囚在他府中的祕密。

紀雲禾不知道大國師為何要將她囚禁起來，姬成羽也不知道。

但無論原因是什麼，紀雲禾都覺得現在這樣，比她想過的最壞的結果，還是要好了許多。至少大國師關著她，沒給她用什麼刑，也沒將她捆起來，甚至連看也不來看她。

真是比初到馭妖谷的長意要好上太多。

紀雲禾弄不明白為什麼，索性懶得想了。

很多事，她現在都懶得想了。包括那日的自己為何會長出九條尾巴，包括大國師為什麼要把她關起來而不殺她。每一天，她只想著一件事……

這個月該吃「解藥」的時間越來越近了，而現在別說解藥，她連林昊青都見不上一面。她只是在等死而已。

她在等死的這段時間裡，只在乎一件事，這件事在姬成羽每日給她送來吃食的時候，她都會問上一遍。

今日姬成羽來了，把吃食遞進牢裡，紀雲禾一邊接一邊問：「今天鮫人抓到了嗎？」

她日日都這般問，姬成羽聽著有些哭笑不得，但還是誠實回答：「未曾抓到。」

然後紀雲禾就開始坦然地吃自己的東西了。

她估算著時日，這麼多天過去，長意便是爬也該找到一個岸邊爬回大海了。到了海裡，便是他的天下，休管什麼大國師小國師，沒道理還能去汪洋裡撈他上來。

「今日又沒肉呀。」紀雲禾今日份的安心收到了，便開始看自己的吃食。「你們國師府，天下之尊，這牢裡的伙食還不如我馭妖谷呢。」

「師父喜素。」姬成羽看著紀雲禾，有些無奈。「妳怎這般喜食葷腥？」

「雙脈之人大都愛吃素，我以前也不挑，但那天之後，也不知道為什麼，天天就巴望著吃點肉。」

姬成羽聞言，沉默下來。

紀雲禾那日的模樣，他能在腦海中記上一輩子。他不解極了，那時明明已經完全成了妖怪的紀雲禾，甚至可以和大國師酣戰一場，但為何過了那一夜，現在卻又變得與常人無異？還是有雙脈，還是有靈力，還是一個普通的馭妖師……

紀雲禾扒了一下盒裡的飯菜，見這青悠悠的一片，實在沒什麼胃口，便也放下了筷子。

「說來，朱凌小將軍的傷好沒？那日實在著急了些，下手沒了輕重，怕打疼了他。」

說到這個，姬成羽微微皺眉，搖了搖頭說：「他確實傷得太重。」

「會死嗎？」

「倒也不至於，幸好那日有玄鐵黑甲護身，我也及時護住了他的心脈，傷雖重，但緩個小半年應當沒什麼問題。只是……」

「只是什麼？」

姬成羽無奈笑道：「朱凌算來，也是順德公主的表親弟弟，自幼跟著公主長大，武功從來不輸同輩人，深受公主疼愛。此次護送鮫人不成，辦事不利，被公主叱了一頓，日日生著悶氣，怕是對他傷癒不好。」

紀雲禾聽到順德公主四字，微微挑了一下眉毛。

「沒有得到鮫人，順德公主可是很生氣？」

姬成羽看著紀雲禾，嚴肅地點了頭道：「非常生氣。」

「遷怒馭妖谷了嗎？」

「並未，師父告訴公主，說是妳帶著鮫人跑了，公主如今命你們馭妖谷的新谷主林昊青全天下抓捕妳，並未遷怒。」

紀雲禾聞言笑了笑：「姬小公子，你說，你們大國師，這瞞上瞞下地關著我，到底是圖個什麼？」

「圖個好奇。」

這四個字的回答，卻不是來自姬成羽。牢門走進了身著白雲紗的大國師。

姬成羽聞言，立即單膝跪地，頷首行禮道：「師父。」

大國師「嗯」了一聲，隨即轉頭看紀雲禾，目光在她身上飛快轉了一圈，又看向她手中攪了兩下，一口未吃的食物，問道：「想吃肉？」

紀雲禾一愣，沒想到堂堂大國師，見面第一句話竟然是這般嚴肅地問這個問題。

「是。你們國師府的菜色太寡淡了。」紀雲禾倒也不害怕，直言不諱地就開始說道：「沒有肉，油也沒有，實在吃不下。」

「明日給她備些肉食。」大國師轉頭吩咐姬成羽，但是這語氣，卻宛如是在吩咐他給這條狗餵點肉。

「是。」姬成羽也答得非常嚴謹。

紀雲禾仰頭看著大國師。距離近了，反而沒那麼怕了，好似這大人物不過也就是個普通人。

「大國師，您抓我來，到底是要做什麼？」

大國師打量了她片刻，嘴角倏爾勾起一道略帶諷刺的笑說：「想看看，這人間又有人在玩什麼新奇的花樣。」

他微微俯下身，離紀雲禾更近了些。

他臉上的冷笑收斂，霎時間，只讓紀雲禾感到了疏離的冰冷。

這大國師……眼中絲毫沒有情緒。他看著紀雲禾，當真是在看一塊肉般，冷漠且麻木。

來自多年以來，身處高位的……

冰冷。

第十二章　生機與絕境

「呵。」紀雲禾輕聲一笑。她直視大國師那雙彷彿洞悉人世，又毫無感情的雙眼，直言：「這人間，還有什麼新奇事？」

大國師直起身子，居高臨下看著紀雲禾，給了她回答：「妳。」

一個馭妖師變成了妖怪，著實新奇。

紀雲禾沉默。

大國師也不再多言，自袖中取了一把匕首出來，丟進了牢裡。

紀雲禾拿起匕首探看大國師道：「國師這是要……賜死我？」

「取血。」

紀雲禾得到這兩個字，撇了一下嘴，也沒有猶豫，將匕首刃口在手背上順手一劃，刃口染上紀雲禾的血，立即如水蛭一般，將那些血水吸進了匕首之中。不一會兒，匕首通體變紅，紀雲禾反手將匕首遞給了大國師。

她知道大國師要拿她的血做什麼，他是做出了寒霜之毒的人。

馭妖師的雙脈體質十分特別，不僅給他們靈力，還讓他們免於中毒，但大國師研製出來的寒霜之毒，卻是針對馭妖師，唯一且最有效的毒藥。

寒霜之毒對普通人並無效果，但對馭妖師來說卻是致命之毒。大國師憑藉此毒，一改人類、馭妖師與妖怪們的格局，囚禁了馭妖師，也將皇家的地位推崇到了極致。

大國師是個極厲害的馭妖師，同時，也是個極聰明的大夫。

在馭妖谷的時候，紀雲禾總以為林滄瀾每個月餵她吃的就是寒霜之毒，現在看來，那藥並非僅僅是毒藥那麼簡單，一定還對她的身體造成了什麼改變。林滄瀾還在她身上做著她根本不知道的事情。

大國師想弄清楚林滄瀾對她做了什麼，紀雲禾也同樣好奇。

只是，和大國師不一樣……她怕是等不到大國師研究出個結果了。

大國師接過匕首，紀雲禾卻沒有第一時間將手放開。她看著大國師道：「止血的藥和繃帶。」

大國師一挑眉梢，旁邊的姬成羽立即奉上了一條白絹手帕道：「姑娘且將就一下。」

紀雲禾也沒挑，待姬成羽將手帕遞進牢籠中，紀雲禾伸手便接過了，用牙咬著手帕的一頭，配合著另一隻手，熟練地給自己手背的傷口包紮。她仰頭，對大國師道：「牢裡的日子不好過，能體面一點是一點。」

大國師瞥了她一眼，沒再搭理她，拿著吸滿她鮮血的匕首走了出去。

姬成羽這時才稍稍鬆了口氣，看向紀雲禾的眼神中有些無奈。

「妳可是除公主以外，第一個膽敢如此與師父說話的人。」

紀雲禾看著自己受傷的傷口，笑笑道：「大國師不怒自威，尋常人怕他是正常的。」

姬成羽問她：「妳怎就不尋常了？」

「尋常人怕他是怕死。」她道：「而我不怕。」

在決定放走長意的那一刻，她便將生死看淡了。

聽紀雲禾將這般重的話說得如此輕鬆，姬成羽一時沉默。

「雲禾，妳並不是一個惡人，師父也不是。而今這天下，許多百姓生下有雙脈的孩子，便直接掐死，馭妖師一年少過一年，妳好好配合師父，師父不會殺妳……」

「和誰殺不殺我無關，是我自己命數將近。」她答了這話，復而又盯住姬成羽。「但止血藥還是得拿的。」

姬成羽被紀雲禾的態度弄得有些無奈，只得嘆氣道：「嗯，妳且等等吧。我這便幫妳去拿。」

姬成羽起身離開。牢中又陷入了寂靜。

紀雲禾獨坐牢裡，看著幾乎伴隨了她大半輩子的牢籠欄杆，伸手摸了摸，卻立即被牢籠上的禁制彈回了手。

「唉……」她在空無一人的囚牢中嘆息。「長意，你的那些日子，也是這般無趣嗎？」

牢中，並沒有人回應她的話。

紀雲禾倒頭睡了下去。

她這一覺睡得很沉，睡得很香，她看到了汪洋大海，在海面浪花之下，有一條巨大的鮫人尾在海中飛速前行，他遊得那麼快，比天上的飛鳥還要快。她在夢裡一直追隨著他，看他游向汪洋的盡頭，游到大海深處……

最終，再也沒有回頭。

被抓來之後，紀雲禾或多或少已經有些放棄這段人生了。在她對生命幾無展望之時，紀雲禾的心口，又迎來了熟悉的疼痛感。

是毒發了。

她忍著心口的劇痛，蜷縮在地上，努力不讓自己叫出聲來，直到將雙唇都咬爛了，心口的疼痛卻一陣勝過一陣，她終於忍不住站了起來，沒有猶豫地一頭往牢籠的禁制上撞去。

她不是想撞破禁制逃出去，她只是希望，她的掙扎能觸動禁制，打暈她，或者她能這般一頭撞死也好。

她不想再忍受這人世附加給她的，這般無端的疼痛。

而這一次的疼痛，竟然不似往常那般，還有間歇時間。

她體內的毒好似瘋了一樣糾纏著她，絲毫不給她休息的空隙，終於讓紀雲禾忍不住痛地叫出聲。

姬成羽被她的哀號驚動，急急趕來，看見的便是一臉鮮血，滿地打滾的紀雲禾。

姬成羽大驚：「雲禾姑娘？妳怎麼了！」

紀雲禾捂著心口，宛如困獸，匍匐於地，用自己唯一還能控制的力量控制著自己的頭，撞擊著地面，但她能控制的力量實在太小了，所以她的動作看起來竟然好似在哀號著磕頭一般。

好似命運終於在此時抓住了她的頭，將素來不服輸的她壓在地上，一個一個的，給老天爺磕頭。

每一下都是一個血印，每一聲都滿是掙扎。

姬成羽看得心驚。

終於，紀雲禾以一個僵硬的姿態停在了那方，她不動了，一如那日，懸崖邊上，紀雲禾以手撐著刀，立住身體，成了一個雕塑。

姬成羽微微靠近了一步道：「雲……」

他剛開口，卻在這忽然之間，紀雲禾貼在地面的頭猛地一轉，一雙腥紅的眼睛徑直盯住了牢外的姬成羽。

紀雲禾的雙眼赤紅，宛如凝了鮮血而成，在幽暗的地牢中，閃著充滿殺氣且詭異至極的光。

姬成羽被紀雲禾這目光盯得脊梁一寒。

就在此時，黑氣在紀雲禾身邊再次凝聚，化為九條妖異非常的狐尾，與那日懸崖邊上別無二致。

紀雲禾竟是……再次變成了九尾妖狐！

姬成羽呆愣之時，紀雲禾忽然眼中紅光大作。那九條黑氣倏爾撞擊牢籠欄杆，卻被欄杆上的大國師禁制擋住。欄杆被撞出了一聲巨響，「轟隆」一聲，整個牢籠都震顫搖晃，禁制的力量被激發，白光大亮，將牢籠照耀得一如白晝。

姬成羽卻是被這撞擊的餘威擊倒，摔坐在地。

紀雲禾背後的那九條尾巴卻並不就此放棄，它們揮舞得越發放肆，在牢中白光之間狂亂而舞。

未等姬成羽站起身來，那尾巴猛地往後一縮，再次向地牢禁制撞擊而來！這一次勢頭比上一次厲害，竟是一擊撞破了禁制的白光，在巨響之中衝出牢籠，向姬成羽殺來！

姬成羽想擋，但在這般妖力的壓制下，他根本動不了一根手指頭。

便是這千鈞一髮之際，一記白光似箭，猛地自屋外射來，倏爾將紀雲禾其中一條黑色尾巴猛地釘到了地板上。紀雲禾一聲悶哼，沒來得及將剩下的幾條尾巴收回，又是幾根白色的羽箭破空而來，將她九條尾巴悉數釘死在地上。

紀雲禾一聲哀號，口中猛地噴出一口黑色的血，霎時間，她九條尾巴消散無形，再次變成散亂的黑氣在身邊飄轉。紀雲禾躺在牢中，靠著牆壁，急促地喘息著。這九條尾巴的消散好似讓她的疼痛緩解了些許，她呼吸雖然急促，卻也沒有再那般掙扎。

一雙穿著白色鞋履的腳此時方才踏入屋內。纖塵不染的雪白衣袖輕輕一揮，屋中四處散落的白色光箭化為白光，悉數聚攏在那蒼白指尖。

大國師乾瘦纖長的手指一握，一柄白色的長劍出現在他手中。

「成羽，你且出去。」

他淡淡吩咐了一聲，姬成羽連忙頷首行禮，立即退了出去。

大國師推開地牢的門，一步踏入牢中。

紀雲禾面如金紙，滿頭虛汗。她抬頭望了大國師一眼，自嘲地勾唇笑了笑道：「國師大人，您看，我這算什麼稀奇事？」

大國師行來，紀雲禾身邊的黑氣盡數繞道而走，卻也沒有消散，一直在空氣當中圍繞著兩人，好似在窺探，探尋著這大國師的弱點，等待一個可乘之機，將他殺死。

而大國師除了手中這一柄劍，好似再無任何防備，那黑氣卻也一直沒敢動手。大國師走到紀雲禾面前，蹲下，伸出另一隻乾瘦的手，以食指在紀雲禾唇角一抹。

紀雲禾唇角黑色的血便染上了他蒼白的指尖。

紀雲禾腥紅的眼瞳盯著他，看他將自己唇邊的血，抹於指尖玩弄。

他道：「煉人為妖，確實稀奇。」

這八個字一出，紀雲禾愣住。

「什麼意思？」

大國師並沒有回答她，卻又伸手，在紀雲禾全然未反應過來之際將手中的一粒藥丸丟入了她口中，指尖往她下巴輕輕一抬，紀雲禾毫無防備地嚥下一粒藥丸。

「你給我吃了什麼？」

「寒霜。」

紀雲禾面色微變。

寒霜是大國師製的毒，專門對付馭妖師，被餵過寒霜的馭妖師，無不慘死，是以朝廷才能在如今如此制衡馭妖一族。

「你想殺我？」

「我不想殺妳。」大國師清冷的目光看著紀雲禾，及至此時也毫無情緒波動。他看她，看萬物，都好似在看石頭，看屍體，看的都是沒有靈魂的死物。「我只是在讓妳試藥。」

拿她試藥……

紀雲禾冷笑：「寒霜此毒，試了多少遍了？何苦再浪費給我？」

大國師看著她，靜靜等了一會兒，冷漠道：「對，寒霜試了無數次，馭妖師無一例外盡數暴斃而亡……」大國師又站起身來，那居高臨下的姿態給了紀雲禾更大的壓力。「妳是第一個例外。」

妳是第一個……

這句話，在此情此景之下，竟讓紀雲禾覺得有些熟悉。

她倏爾記起，在她第一次被卿舒與林滄瀾餵藥之後，他們也是這樣說的。

她是第一個……

「這人間，果然多了個新鮮事。」

紀雲禾仰頭看大國師，大國師此時方才起了些興趣似的，素來淡漠的神情變了，勾著唇角盯著她。

紀雲禾方才開始在意起自己身上的事情。

「我吃了寒霜沒死？」

她先前不在意，是因為她認為自己死定了，一定會死在這個月的這一天。沒有林滄瀾毒藥的解藥，她會活活痛死，但現在她不僅沒有活活痛死，還被大國師餵了寒霜之毒，也沒有死……

她的身體……

「我身上到底發生了什麼？煉人為妖，是什麼？」她猩紅未退的眼瞳亮了起來，她望著大國師，終於開始重新關心起自己的這條爛命。

不為別的，只因為……她好像又有了活下去的那一點點渺茫希望。

而這樣的希望，哪怕只是一根稻草，她也想抓住。

「寒霜只殺馭妖師，因為只對有雙脈之人有效，而妳如今身體之中，不僅有雙脈靈力，還有妖力，妖力助妳化解了寒霜之毒，是以，妳不用再受寒霜桎梏。」大國師道：「有人將妳變成了一個非人非妖的——怪物。」

「非人非妖……有靈力，有妖力……」紀雲禾皺眉，她混亂地自言自語猜測著：「林滄瀾……卿舒……狐妖……一月一服……」

她腦海中混亂地跳閃著過去的事情與畫面。

卿舒與林滄瀾第一次餵她藥的畫面、此後每月令她服用藥物的畫面……她想起了很多細節。一開始，在她服藥之後，卿舒總會暗自跟著她觀察幾日，後來時間長了，卿舒方才沒有管她。

卿舒乃是狐妖，而她的真身沒有任何人見過，只知道她是力量極大的狐妖。她為什麼臣服林滄瀾，與他締結主僕契約，無人知曉。

而在卿舒與林滄瀾被她與林昊青殺死的那日，一個昔日谷主、一個傳說中力量強大的大妖怪，卻敗得毫無聲息，死得那般輕易……

所有先前在馭妖谷被紀雲禾忽略的疑點，此時都在此冒上心頭。

她摸了摸自己的身體。

之前她在懸崖邊上，為了保護長意逃走，受了那麼多箭，挨了那麼多刀，而此時，在她的身上，這些傷卻已經幾乎癒合。她那樣的傷，本來早該死了，又何至於能活到現在？

這癒合能力，確實也如妖怪一般。

還有卿舒死前，口中說的林滄瀾的大業……

他的大業，難道就是煉人為妖，從而抵抗寒霜之毒，再讓馭妖一族……重新站在這人世巔峰？

「難得。」大國師手中的劍在空中一舞，那些飄散在紀雲禾周身的黑氣登時又緊張起來。它們圍著大國師，劍拔弩張，大國師卻放鬆了姿態，說道：「紀雲禾，妳是個不錯的新奇之物。」

大國師用衣袖將地上紀雲禾先前嘔出的黑血一抹，也不嫌髒，直接拿在眼前探看。

「黑血、黑氣、腥紅眼瞳。」大國師蹲下身，左右打量紀雲禾。他抬手，要去觸碰紀雲禾的眼睛，周圍的黑氣忽地一動，立即在紀雲禾面前變成一道屏障，擋下了大國師蒼白的指尖。

紀雲禾一愣，大國師也微微一挑眉。

「這妖力，妳無法控制，卻知道自己護主。」他頗感興趣地勾起了唇角。「不錯。」

他指尖退開，黑氣便也自動散開，狀似無序地飄在四周。

紀雲禾轉頭看了眼四周的黑霧道：「這是我的……妖力？」

妖怪的妖力便如馭妖師的靈力一般，都是只有他們才會擁有的力量。大多數妖怪在使用妖力的時候，妖力會發出自己特有的光華。離殊的光華是紅色，血祭十方時，紅光遍天，喚醒了鸞鳥。

妖怪這樣的物種也是奇怪，死而無形，是得大道。光華無色，也是大道。他們骨子裡求的，彷彿就是那傳說中的「無」字。

不像人。

普通人也好，馭妖師也好，求的……都是一個「得」字。

此時，外面倏爾傳來姬成羽緊張的聲音：「公主！公主！國師有令，此處不能進……」

「我大成國有何地是本宮不得進？」響起一聲響亮的掌摑之聲，不久後，妝髮未梳，一襲豔紅睡袍的順德公主赤腳踏入牢中。她往牢裡一看，那一雙看盡天下十分豔的眼睛微微睜大。

姬成羽跟著走了進來，站在順德公主身邊，臉上還留著一道鮮明的巴掌印。姬成羽沒有多言，頷首對大國師行禮道：「師父，徒兒無能，未攔住師姊。」

大國師眼睛都未斜一下地道：「無妨。」

「是。」

姬成羽退下，紀雲禾卻是一轉頭，與牢外的順德公主四目相接。

紀雲禾倏然一笑道：「好久不見，公主。」

「妳……」

未等順德公主多說一個字，紀雲禾周身黑氣倏爾一動，衝過已經被撞碎了禁制的欄杆，徑直向順德公主殺去！

順德公主一驚。她是皇家唯一一個身有雙脈的孩子，也是大國師的徒弟，身體之中也有靈力。她當即結印，卻半點沒擋住紀雲禾的攻勢！那黑氣如箭撞破她的靈力之印，直取順德公主心房。在離順德公主心房僅一寸之際，那黑氣卻猛地被一道白光擋住。

黑氣與白光相撞，宛如撞動了一幢古老而巨大的鐘，鐘聲迴響，在房中經久未絕。

順德公主愣在當場，姬成羽也愣在當場。

牢中寂靜了許久，是紀雲禾先開了口。她對著大國師一笑，道：「看來，我也不是完全不能控制它。」紀雲禾身邊的黑氣飄到她頰邊，似絲帶拂過她的臉頰。「想讓它做的事，它還是做了。」

「妳想殺本宮？」順德公主微微瞇起了眼。「弄丟鮫人，背叛皇命，而今還欲殺本宮，紀雲禾，妳好大的狗膽。」

紀雲禾嘴角掛著幾分輕蔑的弧度，好整以暇地看著牢外的順德公主道：「我不想殺妳，我只是好奇，順德公主的心到底是不是黑的。若妳因此死了，那只能算是我順手做了一件好事。」

順德公主微微握拳，大國師瞥了她一眼道：「妳怎麼來了？」

言辭間，語意也溫和，並無責怪順德公主強闖之罪。紀雲禾心想，都說大國師極寵順德公主，看來傳言不假。

「師父，夜裡聽見國師府傳來大動靜，心中憂慮，其他人不敢前來，我便來了。」順德公主看著紀雲禾。「沒想到，徒兒弄得天翻地覆要找的人，竟然在你這兒。」

順德公主此時方找回了自己的驕傲，她背脊挺直，微微仰高下巴，赤腳踏過地面，撞破大國師為了保護她，在她身前留下的白色咒印。

「師父。」她徑直走到大國師身後。「我要殺了她。」綴了金絲花的指尖點了一下紀雲禾，高傲一如當初駕臨馭妖谷之際。

紀雲禾一身狼狽地坐在牆角，更甚在馭妖谷見到順德公主那日。只是比起當時，如今的紀雲禾，心情實在好了不少。不為別的，只因她對如今的順德公主——不畏懼。

順德公主找不到長意，也殺不了她。

「妳殺不了我。」

「不能殺她。」

紀雲禾幾乎和大國師同時說話。

於是紀雲禾滿意地在順德公主臉上看到了一絲更加惡毒的……嗜殺之意。

「此乃罪人。她令我痛失鮫人，且叛逆非常，留不得。」

「那是之前。」大國師淡淡道。

順德公主眉頭緊皺道：「師父何意？」

「她如今是我的藥人了。」

他說她是新奇之物，必然對她多加研究，暫時不會放任任何人殺掉她的。在這天下，這都城，有什麼比變成大國師想要保的人，更安全的選擇呢？

大國師說不能殺，所以，饒是尊貴如天下二主的順德公主，也不能殺。

紀雲禾笑著看順德公主，她們現在誰都殺不了誰，但只要順德公主抓不到長意，紀雲禾便永遠可以在她面前作微笑的那一個。

紀雲禾捂住心口，本應該在今夜糾纏不休的劇痛，此時也消失不見。之前困擾她的，要奪她性命的東西，此時卻意外給了她生機。命運好似帶她去棺材裡面躺了一遭，然後又將她拎了出來，告訴她，先前的一切，只是開了個玩笑。

而順德公主也不甘如此放棄，片刻後，她點了點頭道：

「好，師父，從今往後，徒兒願隨你共同煉這藥人。」

紀雲禾望著順德公主，只見這天下二主之一，嘴角的笑猶似毒蛇一般陰冷邪惡。

「論試藥煉丹，宮中的法子可也不少。」

大國師依舊看著紀雲禾身側的黑氣，無所謂地應了：「可。」

順德公主便笑得更加燦爛了些。

紀雲禾知道，這就是命運。

命運就是——剛把她拉出棺材，又一個不小心把她撞進去的小孩。

說玩妳，就玩妳，半點都不含糊。

＊

順德公主如她所說，果真開始醉心於「煉製藥人」這事當中。

當紀雲禾手被吊在牆壁上，手臂被劃了第一千道傷口的時候，她的傷口終於不再快速癒合了，黑色的血液滴答落下，周身黑氣也不再如一個月前那般氣勢洶洶，別說凝聚成九條黑色的狐狸尾巴了，它們便是飄，也不再能飄起，黑氣近乎消散。

但紀雲禾就是沒有死。

她面無表情地看著蠱蟲在自己破皮的傷口處吸食鮮血，然後往她的皮肉裡鑽。

比起過去的這一個月，這樣的「煉人之法」已是再輕鬆不過。

沒多久，蠱蟲就被她的黑血毒死，爆體而亡。

順德公主站在牢籠外，搖了搖頭道：「帝王蠱也鎮不住妳，看來這世間沒有任何蟲子能奈妳何了。以後別讓西邊那些廢物拿蠱來了，再給她試海外找來的那個奇毒會有什麼不同的反應。」

順德公主今天好似興致索然，給姬成羽留下這段話，便轉身離開了。

姬成羽沒有應聲，待得順德公主離開之後，他才抬起頭來，望著牢中的紀雲禾，眼瞳微微顫動道：「紀姑娘……」

一如往常，直至此時紀雲禾才會微微睜開眼睛，看姬成羽一眼。

「鮫……」她只說了一個字。

不用她將話問完，姬成羽已經知道她要問什麼，因為每天每天，不管經歷再重的折磨、再痛的苦難，她都會問這一個問題。

「鮫人還沒抓到……」姬成羽如此回答，紀雲禾的眉眼便又垂了下去。除了這件事情，好像在這人世間，她都再無任何關心之事了一般。

而今日，姬成羽卻還有不一樣的話想要告訴她：「但是……北方有馭妖師傳來消息，稱有人看見了空明和尚……與一銀髮藍眸的男子，在北方苦寒地出現，那男子……容貌身形酷似朝廷通緝的鮫人。」

「空明和尚……銀髮藍眸……」紀雲禾虛弱地呢喃自語。「北地……為什麼？」

北方苦寒地，遠在內陸，離大海相隔萬里。

長意為什麼會出現在那兒？

紀雲禾將他推下懸崖，讓他掉入崖下暗河，因為她認為，每一條河流終將歸於大海，哪怕他自己游不動，總有一條河能載他一程，但為什麼會有人看見長意在北方苦寒地？還與空明和尚在一起？

這一月有餘，在長意身上……又發生了什麼？

他為什麼不回大海？

他……在想什麼？他又想做什麼？

紀雲禾有無數問題縈繞在心尖，她喘了兩口氣，虛弱地問姬成羽：「消息……有幾分真？」

「直接報與公主的消息，八九不離十。」

難怪……

難怪今日的順德公主折磨起她來，顯得這般漫不經心，原來是終於盼來了長意的消息。

「她……還想……做什麼？」紀雲禾握緊了拳頭，得知長意沒有回歸大海，而是繼續在這凡塵俗世之中沉浮，紀雲禾心尖的那把刀便又懸了起來。

她運足身體裡殘存的力量，用力掙扎，牆上的黑氣凝聚彙集成她手臂的力量。她一聲短喝，將鐵鍊從牆壁之中生生拽了一截出來。

「讓她回來！」紀雲禾掙扎著，拖拉著鐵鍊，幾乎快走到牢籠柵欄邊。「她盡可將她想到的招數用在我身上……」

這一句話聽得姬成羽眉頭緊皺。他看著她那一身狼狽，不忍直視。

「紀姑娘，妳何至於為了那鮫人做到如此地步？」

「他是唯一和僅有的……」紀雲禾方才的掙扎幾乎讓她精疲力盡，破敗的衣物晃動，將她脖子裡的傷顯露出來。裡面的傷口已經癒合，但是皮開肉綻後的醜陋疤痕卻橫亙在她的皮膚上，像一條百足蟲，從頸項往裡延伸，不知爬過了她身上多少地方。

「他是唯一和僅有的……」

紀雲禾呢喃著，無力地摔倒在牢籠柵欄邊，沒有將後面的話說出。

鐵履踏過地面之聲鏗鏘而來，小將軍朱凌盛氣凌人地走進牢裡。

但見牢中的紀雲禾已經拖拉著鐵鍊摔倒在柵欄前，朱凌當即眉頭一皺，看了眼牢外的姬成羽道：「哼，公主就知道你心慈手軟，所以特地派我來監督你。那些馭妖師辛辛苦苦尋來的奇毒，你到底有沒有給她用上？」

姬成羽沉默著，看著紀雲禾沒有應聲。

朱凌心急，一把將姬成羽推開，自己走到角落放置藥物器具的地方。他探看了一番，拿出一支鐵箭，打開了一個重重扣死的漆盒。

盒子打開的那一瞬，整個牢裡便散發出一陣陣詭異的奇香。朱凌將鐵箭尖端沾了沾那漆盒中的汁液。

朱凌勾唇一笑，反手將自己背上的千鈞弓取下，將鐵箭搭在弦上，染了汁液的箭頭直指紀雲禾，他的目光也得意洋洋地看著她，道：「當日崖上，妳不是很威風嗎？本將今日倒要看看妳還怎麼威風！」

「好了！」

箭即將離弦之際，姬成羽倏爾擋在了箭與紀雲禾之間。

姬成羽盯著朱凌道：「這毒是師父命人尋來的，而今師父外出，明日便回，此毒需得在師父回來之後經師父首肯，方可用給紀……用給此藥人。」

「少拿大國師唬我。」朱凌冷哼。「公主下了令，我是公主的將，便只聽她的令，你閃開。」

姬成羽沒有動。

「朱凌，她是師父的藥人，不是公主的藥人。她若有差池，師父問起罪來……」

「這月以來，公主對她做的事，還不如這點藥？大國師何時問罪過公主？再有了，退一萬步，你見過在哪件事上，大國師跟咱們公主急眼過。」朱凌輕蔑地盯著姬成羽。「不過一個藥人，死便死了，你這般護著她，是要做什麼？」

姬成羽沉默。

「莫不是，你要作你哥哥那樣的叛離者？」

朱凌提及此事，似觸碰到了姬成羽的痛處，姬成羽呆住，尚未來得及反應，朱凌上前兩步，一腳將姬成羽踢開，抬臂射箭不過一瞬之事。

紀雲禾根本沒有力氣抵擋，而那些零散的黑氣則在一瞬間被羽箭撞破，只得任由那沾了奇毒的箭射在紀雲禾大腿之上。

箭帶來的疼痛已經不足以讓紀雲禾皺眉了，但箭尖的毒，卻讓在長久折磨中已經麻木的紀雲禾感到了一絲詭異的觸感。

「看，我有分寸，未射她心房。」朱凌在牢外碰了碰姬成羽的胳膊。「你別鐵著臉了，每天就做守著一個廢物的輕鬆差事，你倒還守出一臉的不耐煩……」

「朱凌！夠了！」

「我怎麼了？」

朱凌和姫成羽爭執的聲音在牢外朦朧成一片，紀雲禾漸漸開始聽不見朱凌的聲音，看不見眼前的東西，緊接著，她也感覺不到腳下的大地了。她只覺得自己的五感似乎都被剝奪，只剩下胸腔裡越跳越快的心臟。

怦，怦，怦。

如急鼓之聲，越發密集，直至連成一片，最後徹底消失。

紀雲禾的世界，沉入了一片黑暗之中。

*

再次感知到外界存在的時候，紀雲禾心裡只有一個想法。

她這條命，可真是爛賤，這麼折騰也沒有死掉。

既然如此，那就再挺挺吧。

紀雲禾想，長意還沒有回到大海，還沒回歸他原來的生活，那麼她便有了堅持下去的理由。她這條爛命還不能止步於此。在這國師府內，一定還有她能幫長意做的事，比如說——

殺了順德公主。

大國師力量強大，但他對長意並沒有什麼興趣，他感興趣的，是她這個半人半妖的怪物。真正想要害長意的，只有順德公主。如果殺了她，長意就算待在陸地上，也不再危險。

紀雲禾睜開了眼睛。

熟悉的牢籠、一成不變的幽暗環境，但是在她身邊，那黑色的氣息卻不見了。紀雲禾伸出手，她的手掌乾瘦蒼白，幾乎可以清晰地看見皮下血管。這一個月來，一直附著在她身上的黑氣完全消失無蹤。她摸了摸手臂，先前被割開的口子也不見了，她的身體，好似回到了妖力爆發之前那般平衡的狀態。

「我果然沒想錯，那海外仙島上的奇花之毒確實有奇效。」大國師的聲音自牢外傳來。

紀雲禾一轉頭，但見大國師推開了牢籠的門，走了進來。他在她身側蹲下，自然而然地拉過紀雲禾的手，指尖搭在她的脈象上。

他診脈時當真宛如一個大夫，十分專注，口中的言語卻並非醫者仁心：「隱脈仍在，靈力尚存，妖力雖弱，卻也平穩。應當是隱在了妳本身血脈之中。汝菱做了件好事。」

汝菱，是順德公主的名字，除了大國師，這世間怕再沒有人敢如此稱她。

「好事？」紀雲禾好笑地看著大國師。

大國師淡漠道：「隱脈是妳的靈力，而普通人也擁有的脈搏，現在被妳的妖力所盤踞。我命人從海外仙島尋來的奇花之毒促成了妖力與靈力的融合，令妳現在是名副其實的……」

「怪物。」紀雲禾打斷他的話，自己給自己定下了名稱。

「同時擁有妖與馭妖師之力，世間從未有之，妳該慶幸。」

紀雲禾一聲冷笑：「姬成羽說，這毒，你本還要煉製。」

「嗯。還未煉製完成，有何不妥，需得再觀察些時日。」

「觀察？」紀雲禾問：「讓順德公主再給我施以酷刑？」

大國師放開她的手腕，餘溫仍在她皮膚上停留。

「這是研究妳的必須手段。」大國師卻已經要轉身離開。

紀雲禾看著他一身縞白的背影，揚聲道：「國師大人，我很好奇，你和順德公主這般身在高位的人，是看慣了殘忍，還是習慣了惡毒？你們對自己所作所為便無絲毫懷疑……或者悲哀嗎？」

大國師腳步微微一頓。他側過頭來，身影在牆上蠟燭的逆光之中顯得有些恍惚。

「我也曾問過他人這般言語。」

紀雲禾本是挑釁一問，卻未曾想會得到這麼一句回答。

這是什麼意思？這個大國師，難道也曾陷於她如今這般難堪絕望的境地之中？

沒有再給紀雲禾更多資訊，也沒有正面應答她的問題，大國師轉身離開，只留紀雲禾獨坐牢中。紀雲禾不再思索其他，這些高位之人如何想，本也不該是她要去思考的事情。她盤腿坐在牆角，往內探索，尋找體內的兩股力量。

她必須蓄積力量，這樣才能出其不意地殺了順德公主。

五日後。

順德公主帶著朱淩又來了，幾日未出現，順德公主的情緒相較之前沉了許多。她似乎隱隱壓抑著憤怒。

一旁朱淩得見牢中的紀雲禾臉上難得恢復了一絲血色，冷哼一聲：「倒是還陰錯陽差地便宜了她。」

朱淩這話使順德公主更加不悅了。

「朱淩，慎刑司照著赤尾鞭做的鞭子呢？」

「我去幫公主找找。」朱淩說著，走到了一旁的刑具處，翻找起來。

順德公主上前兩步，站在布下禁制的牢籠外，盯著裡面仍在打坐的紀雲禾，倏爾道：「鮫人聯合空明和尚以及一眾叛逃的馭妖師，帶著一批逃散的低賤妖怪，從北方苦寒地出發，一路向南，殺到了北方馭妖台。」

紀雲禾聞言，似是終於微微睜開了眼睛。她沒有抬眼看順德公主，只看著面前的地面，沉默不言。

「馭妖谷的護法大人，妳放走的鮫人，可真是給本宮和朝廷找了好大的麻煩。」

紀雲禾這才抬眼，看向牢外的順德公主，然後滿意地在順德公主臉上看到了惱羞成怒、咬牙切齒和陰狠毒辣。

她那張高高在上的臉，終於因為內心的憤怒，展現出了醜陋的模樣。

紀雲禾知道接下來將要面臨什麼，她此時卻心情頗好地笑道：「順德公主，辛苦妳了，妳可算是給我帶來了一個好消息。」

長意沒有回大海，但他好像在陸地上，也找到了自己的立足之地。

紀雲禾的話，更點燃了順德公主的怒火。

「妳以為這是好消息？而今，本宮不會放過鮫人，朝廷也不會放過，一群烏合之眾的叛亂，最多月餘必定被平息，而妳，當第一個被祭旗。」

「公主，妳錯了，妳沒辦法拿我去祭旗，因為妳師父不許。再來，他們不是烏合之眾，他們是被你們逼到窮途末路的亡命者。而這樣的亡命者，妳以為在朝廷經年累月的嚴酷控制下，於朗朗天地中會只有他們嗎？」

順德公主盯著紀雲禾，微微瞇起了眼睛。

紀雲禾依舊笑道：「兩個月？我看，兩年也未必能平此叛亂，誰輸誰贏，皆無定數。」

「好個伶牙俐齒的丫頭。」順德公主接過旁邊朱凌翻找出的鞭子。「本宮縱使無法將妳祭旗，也可以讓妳生不如死。」

紀雲禾目光絲毫不轉地盯著她道：「妳試試。」

順德公主握緊手中長鞭，一轉腳步，便要打開紀雲禾的牢門。

紀雲禾緊緊盯著她的動作，只待她一開門，便欲暴起將她殺死。到時候，順德公主一死，「天下二主」之間多年來暗藏的矛盾與鬥爭必然浮出水面，朝中大亂，再無暇顧及北方叛亂。

紀雲禾身為大國師的「新奇之物」，或許也保不住性命，但無所謂了。她能給遠在塞北的長意爭取到更多的時間和機會，足矣。

紀雲禾微微握緊拳頭。

「公主！公主！」正在這時，門口傳來姬成羽的急切呼喚。

順德公主腳步一頓，往門外看去，姬成羽急急踏了進來，對著順德公主行禮道：「公主，皇上召您速速入宮。自北方苦寒地而來的那群叛亂者一路勢如破竹，大破馭妖台的禁制，驅趕忠於朝廷的馭妖師，將馭妖台之地據為己有！」

順德公主大驚。

紀雲禾眉梢一挑，勾唇笑道：「公主，這北方的形勢聽起來，像是那群『烏合之眾』欲借馭妖台之地扎下根來，與朝廷抗衡了啊。」

順德公主目光陰狠地盯著紀雲禾。她將鞭子重重扔在地上。

「朱凌，打，給本宮打到她說不出話來為止！」言罷，她怒氣沖沖而去。

*

自那天起，順德公主給予紀雲禾的刑罰越發變本加厲。

而紀雲禾一直在忍耐，她靜靜等待，等待著一個可以一舉殺掉順德公主的機會。

三個月後，順德公主再來囚牢，帶著比之前更加洶湧的滔天怒火。

未聽姬成羽阻止，也沒有等到大國師來，她徑直拉開了牢房的門，道：「你們這些背叛者……」她怒紅著眼，咬牙切齒地瞪著紀雲禾，拿了仿製的赤尾鞭，以一雙赤足踏進了牢中。「統統都該死！」她說著，狠狠一鞭子劈頭蓋臉地對紀雲禾打下。

而紀雲禾自打她走進視野的那一刻，便一直運著氣。

她知道，她等待多時的時機，已經來了。

待得鞭子抽下的一瞬，紀雲禾手中黑氣暴漲，裹住鞭子，就勢一拉，一把將握住鞭子另一頭的順德公主抓了過來。

順德公主猝不及防間，便被紀雲禾掐住了脖子，她錯愕地瞪大眼，紀雲禾當即目光一凜，五指用力，便要將順德公主掐死。而在此時，順德公主的身體猛地被一股更大的力量吸走。

紀雲禾的五指只在她脖子上留下了深深的幾道血痕，轉瞬便被另一股力量擊退。力道擊打在紀雲禾身上，卻沒有退去，猶如蛛網一般，覆在她身上，將她黏在牆上，令她動彈不得。

而另一邊被解救的順德公主一摸自己的脖子，看到滿手血跡，她頓時大驚失色，立即奔到了牢籠之外，利用刑具處的一把大劍，借著猶如鏡面一般的精鋼劍身照自己的傷口。她仔細探看，反反覆覆，又在自己臉頰上看來看去，確定並未損傷了容顏之後，順德公主眸光如冰，將精鋼大劍拔出刑具架來。

她陰沉著臉，混著血跡，宛如地獄來的夜叉，要將紀雲禾碎屍萬段。

然而在她第二次踏進牢中之前，牢門卻猛地關上。

「好了。」大國師這才姍姍來遲，看了順德公主一眼。「汝菱，不可殺她。」

「師父，並非我想殺她。」順德公主勾著金絲花的指甲緊緊扣在劍柄上。她近乎咬牙切齒地說：「這賤奴想殺我。」

「我說，不能殺。」

大國師輕飄飄的五個字落地，順德公主呼吸陡然重了一瞬，似乎是在極力壓抑著自己的怒火。隨即她將手中大劍狠狠一扔，劍擲於地，砸出鏗鏘之聲。

「好，我不殺她可以，但師父，北方反叛者坐擁馭妖台，日漸坐大，我想讓您出手干預。」

紀雲禾聞言，雖被制衡在牆上，卻是一聲輕笑道：「原來公主這般氣急敗壞，是沒有壓下北方起義，想拿我出氣呢。結果出氣不成，便開始找長輩哭鼻子要糖吃嗎？」

「紀雲禾！」順德公主幾乎是一字一句地吼出她的名字。「妳休要猖狂！待得本宮拿下馭妖台，本宮便要讓天下人親眼看見，本宮是如何一寸一寸揭了妳的皮！」

「兩月已過。」紀雲禾逗弄順德公主，又笑道：「公主這是要與我再賭兩年後，再看結果?或者，我換個方式下注。」紀雲禾收斂了臉上笑意。「我賭妳平不了這亂，殺不盡這天下逆鱗者。」

「好！」順德公主忿恨道：「本宮便與妳來賭，就賭妳的筋骨血肉，妳要是輸了，本宮便一日剮妳一寸肉，將妳削為人彘！」

「既然是賭注，公主便要拿出同等籌碼。妳若輸了，也該如此。」

「等著瞧。」順德公主再次望向大國師，卻見大國師揮了揮手，一直被力量壓在牆上的紀雲禾終於掉了下來。「師父。」順德公主喚回大國師的注意。「事至如今，你為何遲遲不願出手？」

「宵小之輩，不足為懼，青羽鸞鳥才是大敵，找到她除掉，我方可北上。」

但聞此言，順德公主終於沉默下來。她又看了牢中紀雲禾一眼，這才不忿離去。待順德公主走後，紀雲禾往牢邊一坐，看著沒有離開的大國師，道：「傳說中的青羽鸞鳥便如此厲害，值得令大國師這般忌憚？」

「她值得。」

簡短的回答，讓紀雲禾眉梢一挑。

「你們這百年前走過來的馭妖師和妖怪，還曾有過故事？」

「不是什麼好故事。」大國師轉頭看向紀雲禾。「被囚牢中，還敢對汝菱動手，妳當真以為妳這新奇之物的身分是免死金牌？」

紀雲禾一笑：「至少目前是。」她打量著大國師。「若我真殺了這公主，我的免死金牌就無用了？」

「我不會讓任何人殺了她。」

「就算我不殺她，時間也會殺了她，難道連老天爺，你也壓得住？」

「任何人都不能殺她，妳不行，時間不行，老天爺也不行。」

紀雲禾聞言，沉默地打量了大國師許久後道：「為什麼這麼執著於她？你愛她嗎？」

大國師頓了一瞬後道：「我愛她的臉。」

紀雲禾萬萬沒想到，堂堂大國師，竟然也是這般膚淺之人……失敬失敬……

「她的臉，與我失去的愛人一模一樣。」

紀雲禾消化了一番大國師的這句話，隨後又起了好奇地說：「失去的愛人？」

「我失去過，所以這世界上，關於她的任何蛛絲馬跡，我都不會再失去，誰都不能再從我身邊帶走她。」

紀雲禾微微肅了神色。

「即使只是一張相似的臉，也不行？」

「不行。」

紀雲禾盤腿坐著，雙手抱胸。

「這可怎麼辦？順德公主，我還是要殺的。她做了太多令人不悅的事情。」

大國師清冷的眼眸緊緊鎖住了紀雲禾。「那妳便也要跟著陪葬。」

「無所謂。」紀雲禾勾唇一笑。「我這條賤命，換她一條賤人命，公平。」

大國師聞言，眉梢一挑。「妳又為什麼執著於她？」

「我也有要保護的人啊。」紀雲禾笑著，目光也如劍光一般，與大國師相接。「誰也不能動。」

紀雲禾與大國師的「交心」在一陣沉默之後，無疾而終。

這之後，因為日漸激烈的北方叛亂，順德公主越發忙於朝中事務，鮮少再親自來到大國師府中。除了偶爾戰事吃緊，或者朝廷的軍隊在前線吃了大虧，順德公主會帶上數十名馭妖師來到牢中，讓他們執行她的命令，將她的一通邪火狠狠發洩在紀雲禾身上。

紀雲禾一直忍耐，靜待反擊之機。

而順德公主對紀雲禾的折磨，時間間隔越來越長。

一開始十天半月來一次，而後一兩個月來一次，再後來，甚至三五個月也不曾見過順德公主的身影。

戰事越發吃緊。

但青羽鸞鳥還是沒有出現，大國師自始至終靜靜耐著性子，並未出手干預，卻不吝嗇於借出國師府的弟子。

朝廷要國師府的弟子，他很是大方，要多少人，給多少人；要多少符，畫多少符。但他自己就是穩坐如泰山，任憑朝中人如何勸，順德公主如何求，他都不管。

而後，兩年又兩年，四年已過，時間長了，便也沒有人來找大國師了。

但這幾年間，國師府的弟子盡數借出，常常連看守紀雲禾的人都沒有。偌大的國師府，就剩一個犯人和一個光桿司令。在這司令無聊之時，他還會到牢中來，坐在這唯一的一個犯人身邊看書，時不時分享一些觀點。

紀雲禾感覺自己彷彿從一個囚徒，變成了一個空巢老人的陪聊。

他甚至偶爾還會跟紀雲禾聊一聊這天下的局勢。雖足不出戶，但他什麼事都知道得清清楚楚。

他告訴紀雲禾，占據了北方馭妖台的反叛者們，人數從一開始的數十人，變成了數百人，而後上千人、上萬人……儼然形成了壓在大成國北境的一支大軍。

他們多數都是走投無路的妖怪、叛逃的馭妖師，且因與朝廷作戰場場大捷，他們的名聲越來越大，投奔的人也越來越多。

這些反叛者甚至以馭妖台為中心，形成了一個北方「帝國」，他們自稱為「苦寒境」，說自己是「苦寒者」，還立了首領——

鮫人，長意。

當大國師平靜地告訴紀雲禾聽到的這些消息時，紀雲禾萬分驚訝。一是驚訝於長意的「成長」，二是驚訝於，這天下反叛之人，竟然比她想的還要多。

如今天下，光是通過這些消息，紀雲禾便可推斷，這世道必然兵荒馬亂。而這大國師，竟然還能安然在地牢之中閒耗時間，安穩看書，就好像順德公主沒有生死危險，這天下就與他無關一樣。

紀雲禾甚至想過，如今天下局勢，或許就是大國師想要的。

他縱容叛亂，縱容廝殺，縱容天下大亂。

他想要戰爭。

他想要……

為這天下辦喪。

又或者說，他想用這天下的鮮血，來祭奠他失去的那個……愛人。

第十三章 再相見

又是一年大雪紛飛。

天下之亂已久。

紀雲禾已經記不得自己在牢裡挨過了多少日子。北方的叛亂已然變成了一場曠日持久的戰爭，「苦寒境」的人和大成國朝廷的交鋒頻繁得已經不再新鮮。大國師失去了討論的興趣，是勝是負都懶得再與紀雲禾說。

他每日只拿一本書到牢裡來看，好似只要順德公主沒有生命危險，他便不會出手干預一般。

紀雲禾倒並不排斥他。左右他不來，就沒有人再來了。她一個人整天蹲在牢裡，非給憋瘋了不可。大國師是給自己找了個伴，也讓紀雲禾得到了一絲慰藉。

「大國師。」紀雲禾在牢裡閒得無聊，拿破木條敲了敲地板。「冬天太冷了，給個火盆唄。」

大國師翻著書，看也不看她一眼。

紀雲禾不消停，繼續敲著地板道：「那你手裡這本書什麼時候能看完？我上一本已經看完很久了，你抓緊些看，看完給我唄。」

「上一本書看完了，我問妳幾個問題，再把這本書給妳。」

「又來……」

紀雲禾一直覺得，這個想為天下辦喪的大國師，其實就是一個內心孤僻到偏執的孤寡老人。世人都怕他，可紀雲禾覺得，與他相處比與林滄瀾相處舒適許多，甚至比林昊青都要好相處得多。

因為，她在大國師面前不用算計——在絕對力量面前，她的算計無足輕重。

這樣反而能讓她找到更適宜的角度，去與他相處。

「問吧。」

「第一頁，第一行，筆者『欲行青煙處』，然則青煙在何處？」

「在此處。」

大國師挑眉。

紀雲禾笑著繼續說：「上一本書，《天南國注》，筆者以夢為託，借夢遊天南國，寫遍天南國山河湖海，然則卻一直在追逐一人腳步。此人在她夢中，白衣翩翩，長身玉立，舉世無雙，所以她願追隨此人走遍天下。最終因此人而沉溺夢中，在夢中而亡。

筆者欲行之處，並非夢中天南國，欲尋之人，也並非夢中那個影子，而是在夢外，只是此人太高不可攀，難求難得，令她寧願沉睡夢中，直至夢竭命終，也不肯甦醒，面對一個自己永遠得不到的人。」

大國師聞言沉默。

「上一本《天南國注》和上上本《長水注》還有上上上本《吟長夜》，都是同一女子所著吧？」

「妳如何知道是女子？」

「還如何知道，這字裡行間的相思之意都要溢出來了，你說我要如何知曉？」

紀雲禾一邊敲著破木頭，一邊道：

「這書中，相思之情萬分濃烈，然則這文章立意也困於相思之中，再難做高，文筆有時也稍欠妥當。這書讓我來看，足以令我看得津津有味，只是，不太符合國師您的身分吧，您日日研讀這種女子相思之作，莫不是……」

紀雲禾打量他道：「寫這書的人，便是你所愛之人？」

大國師倒也沒含糊地道：「是她寫的。」大國師看著手中的書本。「我謄抄的。」

原本甚至都捨不得拿出來翻看嗎……

紀雲禾有些想嘆息。

「既然她喜歡你，你也這般喜歡她，為何還生生錯過？」

大國師撫摸書頁上文字的手倏爾停住。「妳以為，我為何要給這天下辦喪？」

紀雲禾沉默，隨後道：「雖然還未看你手中這本，但前面幾本我讀過，此女子雖困於相思之情，但對天地山河、蒼生百姓，仍有熱愛，你……」

紀雲禾話音未落，大國師卻忽然站了起來。

紀雲禾一愣，但見大國師神情凝肅，紀雲禾將手中一直在敲地板的破木頭丟了，道：「行，我不吵你，你慢慢看。」

大國師卻轉身要走。

「怎麼了？」

「汝菱有危險。」大國師留下五個字，身形化為一道白光，轉瞬消失不見。方才還在他手上握著的書「啪」的一聲便掉在了地上。

紀雲禾立即貼著牢門喊：「你把書丟給我再走啊！哎！」

等她的話音在寒涼的空氣中盤旋了兩圈，大國師身影早已不見。

紀雲禾坐在牢籠裡，眼巴巴地望著牢外掉在地上的書，等著大國師回來。

而這一等，卻等了十來天。

一直等到了新年。

大國師府位處京師，是在最繁華處闢了一塊幽靜之地。可以想像，和平時期的京城，新年的年味能從牢外飄到牢裡面。

即使前幾年大成國與北境苦寒者亂鬥，京城的年味也是絲毫不減。一整個月裡，每到夜間，外面的紅燈籠能照亮雪夜。除夕當天更是有煙火歡騰，還有受馭妖師靈力驅使的煙火點亮京師整個夜空。

紀雲禾即使在牢裡，也能透過門口看見外面的光影變化。

而今年，什麼都沒有。

紀雲禾在牢裡過得不知時日，但估算著也是除夕這幾天了。

那牢門口什麼動靜也沒有。她枯坐了一個月，盼來的，卻是憤怒得幾乎失去理智的順德公主。

順德公主赤著腳，提著鞭子而來，身上似乎還帶著傷，即使在急匆匆的情況下，她也走得一瘸一拐。跟在她身後的，是烏壓壓的一群馭妖師。

紀雲禾已經很久沒有見過這麼多人了。她看著瘸了腿的順德公主，開口打趣：「公主，妳現在離我第一次見妳，不過五年半的時間，怎狼狽成了這般模樣？」

順德公主一言未發，使了個眼神，旁邊有馭妖師打開了牢籠的門。

姬成羽這才急匆匆地從眾多馭妖師之中擠了進來。

「公主！公主！師父還在北境與青羽鸞鳥纏鬥！」

青羽鸞鳥？

紀雲禾眼眸一亮，青羽鸞鳥竟然出現了！

「……或許過不了多久，師父便回來了，不如我們等師父回來再……」

「如今戰事！皆因此賤奴而起！我大成國大好男兒，戰死沙場，白骨累累，皆為此賤奴而害！」順德公主怒紅著眼叱責姬成羽：「這口惡氣，不殺此奴，不足洩憤！」

紀雲禾聞言，心裡大概猜了個一二。

看樣子，是青羽鸞鳥出世，大成國吃了個大敗仗，甚至連順德公主也傷了腿。這也才讓大國師出了手，去了北方，而今在北境被青羽鸞鳥纏上，所以才一時半會兒脫不了身。

馭妖師們踏入牢中，順德公主也入了牢中。

見自己已勸不住，姬成羽給紀雲禾使了個眼色，轉身離去。看這樣子，似乎是想通過什麼辦法，聯繫上北境的大國師。

紀雲禾任由姬成羽離去。她站起身來，雖是一身破舊衣裳，可態度也不卑不亢。她道：「公主，而今戰事為何而起，妳如今還沒有想明白嗎？」

一鞭子狠狠抽在紀雲禾臉上。

「想明白什麼？本宮只要知道，妳這條賤命是怎麼死的，就夠了。」

紀雲禾的手指沾了一點臉上的血。她抹掉血跡，再次看向順德公主，眼中已泛起凜冽的殺意。「這就是沙場之上白骨累累的原因。」

「本宮何須聽妳說教！」順德公主極怒，再是一鞭揮來之時——

紀雲禾一抬手，鞭子與她手掌相觸的一瞬間，黑氣騰飛，紀雲禾一把抓住了順德公主的鞭子。

「沒有誰，天生便該是妳的賤奴。」

順德公主哪肯聽她言語。厲喝一聲：「給本宮殺了她！」

馭妖師聞聲而動，各種武器攜帶著馭妖師的靈力在狹小的空間中向紀雲禾殺來。

紀雲禾將所有蘊含殺氣的冷冽寒光都納入眸中。她手緊握成拳，一身黑氣陡然飄散開來。

狹窄的空間中，飛來的武器盡數被她周身黑氣狠狠打了回去。速度之快，甚至讓有的馭妖是猝不及防，直接被自己的武器擊中。

紀雲禾身後，九條妖異的尾巴再次飄蕩出來，在牢籠之中激盪著，宛似一隻憤怒的巨獸，拍打著這四周的囚牢。

「妳想殺我，正巧，我也是。」

黑色尾巴向前一伸，將那地上的一柄斷劍捲了過來，紀雲禾握住斷劍劍柄，將劍刃直指順德公主道：「來。」

順德公主怒紅一雙眼睛，所有的嬌媚與高高在上，此時盡數被仇恨所吞噬，讓她的面目變得扭曲，甚至猙獰。

*

與順德公主此役，紀雲禾贏得並不輕鬆。

接近六年的時間，被囚在牢中，不見天日，她的手腳皆不再靈活如初。

而順德公主身為大國師最看重的一個弟子，當是得了他三分真傳，有自傲的本事，加之旁邊的馭妖師伺機而動，讓紀雲禾應接不暇，數次受傷，滿身皆是鮮血，但好在於多年的折磨當中，這樣的傷已不足以令紀雲禾分神。她全神貫注，不防不守，全力進攻，任憑流再多血，受再多傷，她也要達成自己的目的。

終於，順德公主帶來的馭妖師皆被打敗，順德公主也疲憊不堪，面色蒼白的紀雲禾終於找到機會，一舉殺向順德公主的命門！哪想到，順德公主竟然隨手拉過旁邊的馭妖師，讓他擋在自己身前，紀雲禾一劍刺入馭妖師肩頭，馭妖師震驚不已地道：「師姊……」

順德公主卻恍若未聞，一鞭子甩來，將紀雲禾與那馭妖師綁作一堆。

紀雲禾未來得及躲避，順德公主徑直奪過一把長劍，從那馭妖師身後直接刺了過來！長劍穿過馭妖師後背，刺入紀雲禾心口。

紀雲禾悶聲一哼，立即斬斷困住自己的長鞭，往後連連退了三步，方才避開了那致命一擊。

得見紀雲禾還活著，順德公主一腳踢開自己身前的馭妖師。

「廢物！」馭妖師倒在地上，已斷了氣息。

而此時，其餘馭妖師見狀，皆驚駭不言。

紀雲禾捂住自己的傷口，以黑氣療傷，而已疲憊得抬不起劍的順德公主，則聲嘶力竭地命令其他馭妖師：「上！都給我上！殺了她！」

在場所有人，盡數寡言，他們的靈力幾乎被消耗殆盡，不少人還受了重傷，見順德公主如此，紛紛露出駭然神色。此時，有人打開了牢籠的門，一個人踉蹌著逃了出去。

緊接著，第二個、第三個……除了躺在地上已斷氣的馭妖師，其他人都踉蹌而走。

方才還擁擠的絕境牢籠，此時竟然顯得有些空曠。

只留下虛弱狼狽的紀雲禾與更加狼狽的順德公主。

她們兩人，沒有一寸衣服上是沒有沾染鮮血的。

紀雲禾用黑氣止住了胸口上的傷口，血不再流，她又握緊了斷劍，向前踏了一步。

順德公主見她如此模樣，忍不住向後退了一步。

紀雲禾再上前一步，順德公主又踉蹌地退了兩步，直至她赤裸的後腳跟踩到地上被留下的一把劍，她猛地身體一軟，向後摔倒。

紀雲禾極快地上前兩步，跨坐在順德公主的肚子上，一隻手掐住她的脖子，另一隻握著斷劍的手狠狠一用力，「鏗鏘」一聲，斷劍刺入順德公主耳邊的地裡。

「妳師父說，不會讓任何人殺妳，可見世事無常，妳師父的話也不一定是管用的。」

臉染了血，也擋不住紀雲禾臉色的蒼白，她的笑宛如來自地獄的惡鬼，看得順德公主渾身膽顫發寒。

「妳還記得我們之前打的賭嗎？」

紀雲禾的斷劍貼在順德公主耳邊來回晃動，卻因她對自己身體的控制力不足，晃動間已經割破了順德公主的耳朵。斷刃上，再添了點血跡。

而那個要將天下九分豔麗踩在腳下的順德公主，此時面色慘白，唇角甚至有幾分顫抖。她被割破的耳朵流著血，一滴一滴落在紀雲禾住了五年的牢籠地面上。

「這地上每一寸土的模樣，我都知道，而今天，我覺得是這地面最好看的一天。」紀雲禾笑道：「因為，上面會灑滿妳的鮮血。」

順德公主牙齒打顫，撞擊出膽戰心驚之聲。

「害怕嗎？害怕的滋味怎麼樣？」紀雲禾盯著她的眼睛，臉上的笑意慢慢收斂，殺氣浮現。「可金口玉言，妳和我賭了，平不了北邊的亂，我就要把妳削為人彘。」

紀雲禾說著，手起刀落！卻在此時忽聽一聲厲喝，紀雲禾整個身體猛地被從順德公主身上撞開。

她手中的斷刃還是在順德公主臉上狠狠劃了一刀。

斷刃橫切過她的臉，劃開她的臉頰，削斷了她的鼻梁，在另一邊臉上還留下了一道長長的印記。

「啊！」順德公主發出一聲淒厲的尖叫，立即跪坐起來，將自己的臉捂住。她的雙手立即染滿鮮血。「我的臉！我的臉！啊！」她在牢中痛苦地哭喊。

而被撞到一邊的紀雲禾，身體裡的力量幾乎已經耗乾了。

她跪坐而起，眨了眨已經開始變得迷糊的眼睛，試圖將面前的人看清楚……

黑甲軍士。是已經長大了的朱凌小將軍……

「公主！」朱凌探看著近乎被毀容的順德公主，隨即怒而轉頭，惡狠狠地瞪向紀雲禾。

「戲妖奴！早在五年前我就該在馭妖谷門口殺了妳！」

他說著將腰間大刀拔出，惡狠狠地向紀雲禾砍來。

紀雲禾試圖指揮身上的黑氣去抵擋，但這幾年的時間，朱凌並未閒著。他一記重刀砍下，殺破紀雲禾身側黑氣，眼看便要將她狠狠劈成兩半！

便是此時，宛如天光乍破，又似水滴落入幽泉，清冽的風掃過紀雲禾耳畔，一絲銀髮掠過紀雲禾眼前。

那已經灰敗的黑色眼瞳，在這一瞬間，似是被這一絲光華點亮了一般。她眼瞼慢慢睜開，似乎有靈魂中的神力在幫助她，讓她抬起頭來。

一隻乾淨得纖塵不染的白皙手掌，徑直接住了朱凌的玄鐵大刀。

堅實的大刀彷彿落到了一團棉花裡。

來人身形分毫未動，只聽晨鐘暮鼓之聲在牢籠之中響起，朱凌整個人被重重擊飛，後背陷入牢籠牆壁之中，血也未來得及嘔出一口，便已經昏死了過去。

一身骯髒紅衣的順德公主捂著臉，透過大張的指縫，目光震驚地看著來人道：「鮫……鮫人……」

「長意……」

銀髮、藍眸、清冷、凜冽，他是這血汙渾濁的牢籠之中，唯一一塵不染的存在。

他總是如此，一直如此……

而不同的是，對此時的紀雲禾來說……

此時再相見的衝擊，更甚過當年的初相逢……

*

冷冽的目光落到了紀雲禾身上。

四目相接，好似接上了數年前，馭妖谷地牢中的初遇。只是他們的角色，被命運調皮地調換了。

長意的眼神還是清晰，可鑒人影，地牢火光跳躍，紀雲禾便借著這光，在長意透亮如水的眼瞳之中看見了此時的自己——渾身是血，面無人色，頭髮是亂的，衣服是破的，連氣息吸一口都要分成好幾段才能喘出來，她是這般苟延殘喘的一個人。

真是難看到了極點。

紀雲禾勾動唇角，三分自嘲、三分調侃，還有更多的是多年沉澱下來的思念夾雜著嘆息。

「好久不見啊，大尾巴魚。」

那如鏡面般沉靜的眼底，因為這幾個字生起波瀾，卻又迅速平息。

「紀雲禾。」

長意開了口，聲色極冷，當年所有的溫柔與溫暖，此時都化為利刃，劍指紀雲禾。

「妳可真狼狽。」

朱凌的大刀沒有落在她身上，卻像是遲了這麼長的時間，落在了她心頭一般。

紀雲禾看著長意，不避諱、不閃躲。

過了這麼多年，經歷了那麼多事，還遇見過倒楣的紀雲禾，他如今心境，怎還會一如當年，赤誠無瑕……

這都是理所當然。

這也都是紀雲禾的錯。

紀雲禾心中百味雜陳，但她沒有說話，她唇邊的笑未變，還是帶著戲謔調侃和滿不在乎。她看著長意，默認了這句充滿惡意的重逢之語。

「對啊，我可不就是狼狽至極嗎……」

「鮫人……擅闖國師府……國師府弟子……國師府弟子……」在紀雲禾與長意三言兩語的對話間，順德公主捂住臉奮力地向牢門外爬去。她口中唸唸有詞，而此時，除了地上已經死掉的那人，哪還有國師府弟子在場。

長意轉頭，瞥了更加狼狽的順德公主一眼。

他冰藍眼瞳中的狠厲，是紀雲禾從沒見過的陌生。

於是，先前只在他人口中聽到的，關於「北境之王」的消息，此時都變成現實，在紀雲禾面前印證。

長意不再是那個被囚禁在牢中的鮫人，他有了自己的勢力、權力，也有了自己的殺伐決斷與嗜血心性。

未等紀雲禾多想，長意微微俯身，冰涼的手掌毫不客氣地抓住紀雲禾的手腕，沒有一絲憐惜地將她拎了起來。

紀雲禾此時的身體幾乎僵硬麻木，忽然被如此大動作拉起來，她身上每個關節都在疼痛，大腦還有一瞬間的暈眩。

她眼前發黑，卻咬著牙，未發一言，踉蹌了兩步，一頭撞在長意的胸膛上。

長意沒有等她站穩，幾乎是有些粗魯地拖著她往門外走去。

長意的力道太大，是如今的紀雲禾根本無法反抗的強大。

她只得被迫跟著他踉蹌走出牢門。

牢門上還有大國師的禁制，長意看也未看一眼，一腳將牢門踹開，禁制應聲而破，他拉著紀雲禾邁步踏了出去。

這座囚了她快五年多的監獄，她終於走了出去，卻在踏出去的這一刻，紀雲禾再也支撐不住自己的身體，雙膝一軟，毫無預警地跪在了地上。

長意還拎著她的手腕，用力得讓紀雲禾手腕周圍的皮膚都泛出了青色。

紀雲禾仰頭望向長意，蒼白的臉費了好半天勁兒，也沒有擠出一個微笑。她只得垂頭道：「我走不動……」

長意沉默，牢中寂靜，片刻之後，長意伸手，將紀雲禾單手抱起，紀雲禾無力的身體靠在他胸口上。恍惚間，紀雲禾有一瞬間的失神，好像回到了那個十方陣的潭水中，長意的尾巴還在，她也對未來充滿著無盡的期望。

他們在潭水中向外而去，好像迎接著他們的，會是無拘無束的廣袤天地，會是碧海，會是藍天……

那是她此生擁有最多期待的時刻……

「喀噠」一聲，火光轉動，將紀雲禾的恍惚燎燒乾淨。

長意將牆壁上的火把取了下來。火把所在之處，便是堆滿刑具的角落，長意的目光在那些仍舊閃著寒光的刑具上瞥過。

他一言不發地轉過身，一手抱著紀雲禾，一手拿著火把，再次走向那玄鐵牢籠。

尚且躺在牢中的順德公主滿臉倉皇，她看著長意，掙扎著，驚恐著，往後撲騰了兩下道：「你要做什麼？你要做什麼……」

長意將牢門關上。牢門上藍色光華一轉，他如同大國師一般，在這牢籠上下了禁制。

長意眸色冰冷地看著順德公主道：「滔天巨浪裡，我救妳一命，如今，我要把救下來的這條命，還回去。」

他冷聲說著，不帶絲毫感情地將手中火把丟進了牢籠裡。

牢籠中的枯草霎時被點燃。

一臉是血的順德公主倉皇驚呼：「來人！來人呀！」她一邊躲避，一邊試圖撲滅火焰，但那火焰彷似來自地獄，點燃了空氣中無名的怒氣和恨意，瞬間竄遍整個牢籠，將陰冷潮溼的牢籠燒得熾熱無比。

「救命！救命！啊！師父！」順德公主在牢中哭喊。

長意未再看她一眼，抱著紀雲禾，轉身而去。

離開了國師府的這座囚牢。

當長意將紀雲禾帶出去時，紀雲禾的目光越過他的肩頭，這才看見囚禁自己的，不過是國師府裡看起來再普通不過的一座院子。

而此時，院中火光沖天，幾乎照亮京城整個夜色，順德公主淒厲叫喊「師父」的聲音已經遠去，紀雲禾的黑色眼瞳之中映著火光，倏爾道：「不要隨便打賭。」

長意腳步微微一頓，看向懷裡的紀雲禾。接觸到長意的目光，紀雲禾仰頭向著長意。

「老天爺會幫你記下。」

順德公主如今算是……以另一種方式，踐行了她們之間的「豪賭」吧。

長意並未聽懂紀雲禾在說什麼，但他也不在意，他帶著紀雲禾，如入無人之境，走在國師府的中心大道上。

出了火光沖天的院子，迎面而來的是一隊朝廷的軍士。

國師府的弟子盡數被拉去上戰場，唯一帶回來的一部分，還被順德公主弄得離心離德而去。此時，站在軍士面前的，唯有先前離開前去傳信的姬成羽。

姬成羽認識長意，見他帶著紀雲禾走了出來，震驚得瞪大了雙眼。

「鮫……鮫人……」

這陸地上的妖怪太多，但銀髮藍眸的鮫人唯有這一個，天下聞名的一個。

眾軍士舉著火把，在聽到姬成羽說出這兩個字的時候，已經有些軍心渙散。火光映襯著大國師府中的大火，將長意的一頭白髮都要照成紅色。長意沒有說話，只從袖中丟出了一個物件——

是一個髒兮兮的破舊布娃娃。

布娃娃被丟在姬成羽腳下。

姬成羽得見此物，比剛才更加震驚，而震驚之後，卻也沒將布娃娃撿起來。他沉默許久，方抬頭問長意：「我兄長託你帶來的？他人呢？他……」

話音未落，長意不再多做停留，手中光華一起，帶著紀雲禾，身影如光，霎時便消失在原處。

藍色光華如流星一般劃過夜空。

別說朝廷的軍士，便是姬成羽也望塵莫及。

夜幕星空下，長意帶著紀雲禾穿破薄雲，向前而行。

紀雲禾在長意懷中看著許久未見的夜空繁星，一時間幾乎被迷得挪不開眼，但最令人著迷的，還是自己面前的這張臉。

不管過了多少年，不管經歷多少事，長意的臉還是讓人驚豔不已，雖然他的神色、目光已經改變……

「長意，你要帶我去哪兒？」紀雲禾問：「是去北境嗎？」

長意並不答她的話。

紀雲禾默了片刻，又問道：

「你是特意來救我的嗎？」

紀雲禾本以為長意還會沉默，當她如透明人一般，但沒想到長意卻開了口道：「不是。」

話語間，兩人落在了一個山頭之上，他放開紀雲禾，紀雲禾站不穩腳步，踉蹌後退了兩步，靠在後面的大石之上。

長意終於看了紀雲禾一眼，宛如他們分別那一晚，但他的眼神卻是全然不同了。他盯著紀雲禾，疏離又冷漠，他抬起手，修長的手指穿過紀雲禾耳邊，拉住了紀雲禾的一縷頭髮，手指便似利刃，輕輕一動，紀雲禾的髮絲紛紛落地。

他剪斷了她一縷頭髮，告訴她：

「我是來復仇的。」

這次，我是來傷害妳的。

紀雲禾領悟了長意的意思，而她什麼也說不出口。

此時，天已呈魚肚白，遠山之外，一縷陽光倏爾落在這山頭大石之上，陽光慢慢向下，落到了長意背上。

逆光之中，紀雲禾有些看不清他的臉，當陽光越往下走，照到了紀雲禾肩頭，紀雲禾突覺肩上傳來一陣劇烈的刺痛，宛如被人用燒紅的針扎了一般，刺骨的疼痛。

她立即用手扶住自己的肩頭，但扶上肩頭的手，也霎時有了這樣的疼痛。紀雲禾一轉頭，看見自己的手，登時震驚得幾乎忘了疼痛。

而長意的目光此時落在了她的手掌之上。

朝陽遍灑大地。

紀雲禾大半個身子站在長意的身影之中，而照著太陽的那隻手，卻被陽光剝去了血肉，僅剩白骨……

紀雲禾愣神地看著自己的手，甚至忘了這劇烈的疼痛。

被陽光剝去血肉的白骨在空中轉動了一下，紀雲禾將手往長意的身影之外探去……

於是，接觸到陽光的部分，血肉都消失殆盡。從指間到手掌、手腕……直至整個手臂。

這詭異的場景讓紀雲禾有些失神，疼痛並未喚醒她的理智。近乎六年的時間，紀雲禾都沒有見過太陽，此時此刻，她帶著一些說不清道不明的嚮往，以白骨探向朝陽，好似就要那陽光剃去她的血肉，以疼痛灼燒那牢獄之氣，讓她的靈魂得以重生……

她甚至微微往旁邊挪動了一步，想讓太陽照到身上更多的地方，但邁出這一步前，她另一隻手忽然被人猛地拽住，紀雲禾再次被拉回長意那寬大的身影之中。

長意身體製造的陰影幾乎將紀雲禾埋葬，逆光之中，他那一雙藍色的眼睛尤為透亮，好似在眼眸中藏著來自深海的幽光。

他一把拽住紀雲禾的下巴，強迫紀雲禾仰頭看著他。動作間，絲毫不復當年在馭妖谷時的克己守禮。

「你在做什麼？」他問紀雲禾，語氣不善，微帶怒氣。「妳想殺了自己？」

紀雲禾望著長意，她感覺到他動怒了，卻有些不明白他為什麼動怒。紀雲禾沒有掙脫長意的禁錮，好整以暇地看著他，唇邊甚至還帶著幾分微笑。

「為什麼生氣？」她聲音虛弱，但字字清晰。「你說，要來找我復仇，是對我當年刺向你的那一劍還懷恨在心吧。既然如此，我自尋死路，你該高興才是。」她看著他，不疾不徐地問：「為什麼生氣？」

長意沉默地看著紀雲禾，聽著她漫不經心的聲音，看著她眼角慵懶的弧度，感受著她的不在意、不上心。長意的手劃過紀雲禾的下頷，轉而掐住了她的脖子。他貼近紀雲禾的耳畔，告訴她：

「紀雲禾，以前妳的命是馭妖谷的；今日之前，妳的命是國師府的；而後，妳的命，是我的。」長意聲色冷漠。「我要妳死，妳方可死。」

紀雲禾聞言，笑了出來：「長意，你真是霸道了不少呢。不過……這樣也挺好的。」這樣，敢欺負他、能欺負他的人，應該沒幾個了吧。

紀雲禾抬起手，撐住長意的胸膛，手掌用力，將他推遠了一些，接著道：「但是我還得糾正你，我的命，是自己的。以前是，以後也是，即使是你也不能說這樣的話。」

「妳可以這麼想。」長意道：「而我不會給妳選擇的權利。」

言罷，長意一揮手，寬大的黑色衣裳瞬間將紀雲禾裹入其中，將陽光在她周身隔絕，甚至抬手間還在紀雲禾的衣領上做了一個法印，讓紀雲禾脫不下這件衣裳，只給她留了一雙眼睛，露在外面。

紀雲禾覺得有些好笑。

「我在牢裡待了快六年，第一次曬到太陽，你為何就斷言我能被曬死？哪個人還能被太陽曬死？」

長意淡淡地斜睨她一眼道：「妳能。」

這兩個字，讓紀雲禾彷彿又看到了當年的長意，誠實、真摯、有一說一，有二說二。

她忽然間有些想告訴長意當年的真相。她想和長意說，當年，其實我並沒有背叛你、遺棄你，也並不是想殺你。你可以恨我，可以討厭我為你做決定，但我從沒想要真正地傷害你……

紀雲禾試圖從衣裳裡伸出手來，去觸碰長意，但被法印封住的衣裳像是繩索一樣，將她緊緊綁在其中，讓她的手臂動彈不得。

紀雲禾無奈地道：「長意，曬太陽不會殺了我，雖然會痛，但……」

話音未落，宛如要給紀雲禾一個教訓一般，紀雲禾瞳孔猛地一縮，霎時間身體裡所有力量都被奪去，心臟宛如被一隻手緊緊擒住，讓她痛苦不已，幾乎直不起身子。她眼前一花，一口血猛地從口中噴湧而出。

紀雲禾看著地上的血跡，感受著慌亂的心跳，方才承認，她確實可能會被太陽曬死……甚至，或許下一刻……她便會死……

紀雲禾靠著巨石，在長意的身影籠罩之中喘了許久的氣。她仰頭望長意，還是逆光之中，她視野模糊，並不能看清他的神情，但她能清晰地感受到，長意的目光停留在她身上，絲毫沒有挪開。

「長意……」她道：「或許，我們都錯了……我這條命，不屬於你，也不屬於我自己。我這條命，是屬於老天爺的……」

又行到這生死邊緣，紀雲禾對死亡已然沒了恐懼。她並不害怕，只覺得荒唐，不為死，只為生。

她這一生，從頭到尾，好像都是老天爺興起而做的一個皮影，皮影背後被一隻無形的手捏著、操持著，讓她跳，讓她笑，讓她生，讓她活……也讓她走向荒蕪的死亡。

每當她覺得自己可以掌控自己的人生時，老天爺便會給她重重的一記耳光，讓她清醒清醒，讓她看看，她想要的那些自由、希望，是那麼近，可就是讓她碰不到。

在這茫茫人世，她是如此渺小，如浮萍一般，在時局之中，在命運之下，飄搖動盪，難以自已……

那已經到嘴邊的「真相」又被嚥下。

紀雲禾能感受到自己的身體在經過這六年的折磨之後，已經動了根本，先前與順德公主那一戰，可能已經是她所有力量的迴光返照。

她的生命，再往前走，就是盡頭。

在這樣的情況下，她告訴了長意真相，又能如何呢？

這個單純的鮫人，因為她的「背叛」而心性大變，在他終於可以懲罰她這個「罪人」的時候，罪人告訴他，不是的，當年我是有緣由的，我都是為了你好，說罷便撒手人寰，這又要長意如何自處？

她的餘生，應該很短了，那就短暫地做點善意的事情吧……

紀雲禾佝僂著腰，看著地上烏青的血跡，沙啞地開口：「長意，我現在的模樣，應該很醜陋、可怕吧……」

長意沉默片刻，聲音中也是低沉的暗啞。

「不及妳人心可怖。」

紀雲禾垂著頭，在黑衣裳的遮擋下，微微勾起了唇角。

如果處罰她，能讓長意獲得內心的平衡與愉悅。

那麼……

便來吧。

*

遠山埋入了夜色，今夜又是一個無月之夜。

屋裡的炭盆燃燒著，木炭灼燒的細微聲音驚醒了沉溺在回憶之中的紀雲禾。

便如遠山消失在黑暗中一般，過往畫面也盡數消失在紀雲禾黑色的瞳孔之中。

此時，在紀雲禾眼前的，是一方木桌、三兩熱菜，小半碗米飯被她自己捧在手中，方桌對面坐著一個黑衣銀髮，面色不善的男子。紀雲禾抬頭，望向坐在桌子對面的長意。

他抱著手，沉著臉，一言不發地坐著，藍色的眼瞳一瞬也不曾轉開，便這般直勾勾地盯著她，或者說……監視她。

「吃完。」見紀雲禾許久不動筷子，長意開口命令。

「我吃不下了。」紀雲禾無奈，也有些討饒地說：「沒有胃口。你便睜一隻眼，閉一隻眼，當我吃完了就行。」

「不要和我討價還價。」

與他初相見，已經過了六年了，而今，紀雲禾覺得，這個鮫人相較一開始的時候，真是蠻橫霸道了無數倍。

但……

這怎能怪他……

紀雲禾一聲嘆息，只得認命地又端起了碗，夾了兩三粒米，餵進自己嘴裡。

她開始吃飯，長意便又陷入了沉默之中。他不在乎她吃飯的快慢，他只是想讓她吃飯，而且他還要監視她吃飯，一日三餐，外加蔬果茶水，一點都不能少。只是別人日出而作，日落而息，紀雲禾偏偏是太陽下山了才起床開始吃飯。

通常，侍奉她的婢女拿來飯菜之後，便會鎖門離開，直到下一餐送來，她們才會用鑰匙打開房門，送來新的飯食，拿走用過的餐盤。

所以沒有任何人知道，在侍女離開之後，這個徹底鎖死的房間裡，那個作主了整個北境的鮫人，會悄無聲息地到來，坐在紀雲禾對面，看著她，逼迫她把食物全部吞進肚子。

如果不是這次正巧碰上了侍女犯錯，長意直接將人從她房間窗戶扔了出去，怕是還沒有人知道這件事。

紀雲禾一粒一粒地扒著米飯，眼看小半碗米飯終於要扒完了，對面那尊「神」又一臉不開心地將一盤菜推到紀雲禾面前。

「菜。」

沒有廢話，只有命令。

紀雲禾是真的不想吃東西，自被長意帶來北境，關在這湖心島的院中後，她每日都能感覺到，自己的身體比前一天更加虛弱。她不想吃東西，甚至覺得咀嚼這個動作也很費勁。

但長意不許。

不許她餓著，不許她由著自己的喜好不食或者挑食……

還有很多「不許」，是在紀雲禾來到這個小院之後，長意給她立下的「規矩」。

長意不許別人來看她，即使紀雲禾知道，洛錦桑和翟曉星如今也在北境馭妖台。

長意也不許她離開，所以將她困在三樓，設下禁制，還讓人用大鎖鎖著她。重重防備，更甚她被關在國師府的時候。

長意還不許她見太陽，這屋子白天的時候窗戶是推不開的，唯有到晨曦暮靄之時，紀雲禾方可看到一些初升朝陽與日暮夕陽的景色。

長意像一個暴君，想控制紀雲禾這個人的食衣住行，甚至恨不得控制她吸入呼出的氣息，他想掌控她的方方面面。

最過分的是……

他不許她死。

如果老天爺是個人，當他撥弄紀雲禾的時間刻度，長意或許會砍下他的手指頭，一根一根剁到爛掉。

他說：「紀雲禾，在我想折磨妳時，妳得活著。」

紀雲禾回想起長意先前對她說過的話，嘴角微微勾了起來。這個鮫人長意啊，還是太天真，讓紀雲禾每天看著長意的臉吃飯，這算什麼折磨呀。

這明明是餘生對她最大的善意。

但她還是很貪心，所以會向長意提出要求：「長意，或者……有沒有一種可能，你放我出去走一天，我回來一天，你放我出去走兩天，我再回來兩天，你讓我出去一個月，我下個月就好好待在這裡，每天你讓我吃什麼就吃什麼……」

「不行。」長意看著盤中。「最後一口。」

紀雲禾又嘆了口氣，認命地夾起盤中最後一口青菜。

冬日的北境，兵荒馬亂的時代，想吃一口新鮮的青菜多不容易，紀雲禾知道，但她沒有多說，張嘴吞下。

而便是這一口青菜，勾起了紀雲禾腸胃中的酸氣翻湧。她神色微變，喉頭一緊，一個字也沒來得及說，一轉頭，趴在屋裡澆花的水桶邊，將剛吃進去的東西全部吐了出來。

直到開始嘔出泛酸的水，也未見停止。

紀雲禾胃中一陣劇痛，在幾乎連酸水都吐完之後，又狠狠嘔出一口烏黑的血來。

這口血湧出，便一發不可收拾，紀雲禾跪倒在地，渾身忍不住打寒顫，冷汗一顆顆滴下，讓她像是從涼水裡面被撈起來一樣。忽然間，有隻手按在她的背上，一絲一縷的涼意從那手掌之中傳來，壓住她體內躁動不安的血液。

然後，胃裡的疼痛慢慢平息了，周身的冷汗也收了，紀雲禾緩了許久，眼前才又重新看清了東西。

她微微側過頭，看見蹲在地上的長意。

他如今再也不是那個被囚於牢中的鮫人了，他是整個北境的主人，撐起了能與大成王朝相抗的領域。他身分尊貴，被人尊重，以至敬畏。

而此時，他蹲在她身邊，在這一霎之間，讓紀雲禾恍惚回到了六年前的馭妖谷地牢，這個鮫人的目光依舊清澈，內心依舊溫柔且赤誠。他沒有仇恨，沒有計較，只會對紀雲禾說，我接下這一擊會受傷，但妳會死。

紀雲禾看著長意，沙啞道：「長意，我……命不久矣。」

放在她後背的手微微用力。湧入她身體的氣息，更多了一些。這也讓紀雲禾有更多力氣和他說話：「你就讓我走吧……」

「我不會讓妳走。」

「我想抓著最後的時間，四處走走，如果有幸，我還能走回家鄉，落葉歸根……」

「妳不可以。」

「……那也不算……完全辜負了父母給的這一生一命……」

近乎雞同鴨講地說罷，紀雲禾力竭地往身後倒去。

她輕得像鴻毛，飄入長意的懷裡，只拂動了長意的幾縷銀髮。

紀雲禾眼神緊閉，長意的眼神被垂下的銀髮遮擋，只露出了他微微咬緊的唇。房間裡默了許久。

屋外飄起鵝毛大雪，夜靜得嚇人。

長意緊緊扣住紀雲禾瘦削得幾乎沒有肉的胳膊，神色掙扎。

「我不許。」

他的聲音好似被雪花承載，飄飄搖搖，徐徐落下，沉寂在了雪地之中，再不見痕跡。

第十四章　偏執

紀雲禾再醒來的時候，還是深夜，屋內燭火跳躍著，上好的銀炭燒出的火讓屋內暖意綿綿，而緊閉的窗戶外，是北境特有的風雪呼嘯之聲。這般苦寒的夜裡，於這世上掙扎之人不知又要葬身多少。

可如今這兵荒馬亂的亂世，死了說不定反而是種解脫。

紀雲禾坐起身來，而另一邊，坐在桌前燭火邊的黑衣男子也微微側目，掃了她一眼。

紀雲禾面色蒼白，撐起身子的手枯瘦得可怕，在燭火下的陰影，凸起的骨骼與血管讓她的手背看起來更加嚇人。

長意手中握著文書的手微微一緊，目光卻轉了回去，落在文字上，對坐起來的人毫無半分關心。

紀雲禾則沒有避諱地看著他的背影，打量了好一會兒，好奇地開口問道：「你在看什麼？」在他手臂遮擋之外，紀雲禾遠遠地能看見文書上隱約寫著「國師府」、「青羽鸞鳥」幾個字。

月餘前，從馭妖谷逃走的青羽鸞鳥在北境重出人世，讓順德公主吃下敗仗，險些身亡，大國師被引來北境，與青羽鸞鳥在北境苦寒地的山川之間，大戰十數日而未歸。

長意在此時獨闖國師府，帶走了她，殺了順德公主，火燒國師府，而後……

而後紀雲禾就什麼都不知道了。

自她被關到了這個湖心小院起，她每天看到的人，除了被長意丟出去的丫頭江微妍，就是偶爾在她樓下走過的打掃奴僕們，當然……還有長意。

奴僕們什麼都不告訴她，長意也是。

此時在信件上看到這些詞彙，紀雲禾隱約有一種還與外界尚有關聯的錯覺。她繼續好奇地問長意：「你獨闖國師府，別的不說，光是讓順德公主身亡這一條……依我對大國師的了解，他也不會安然坐於一方。他可有找你麻煩？」

長意聞言，這才微微側過頭來，看了一眼坐在床榻上的紀雲禾道：「依妳對大國師的了解……」他神色冷淡，且帶著七分不悅。「他當如何找我麻煩？」

紀雲禾一愣，她本以為長意不會搭理她，再不濟便是叱責說這些事與她無關，卻沒想到，他竟然切了一個這麼清奇的角度，讓紀雲禾一時無法作答。

「他……」紀雲禾琢磨了一會兒，以問為答。「就什麼都沒做？」

長意轉過頭，將手中信件放在燭火上點燃，修長的手指一直等火焰快燒到他的指尖，才鬆開了手，一揮衣袖，拂散塵埃。他站起身來，話題這才回到了紀雲禾猜想的道路上——

「這些事，與妳無關。」

果不其然，還是甚無新意的應答。

紀雲禾看著長意即將要離開的身影，道：「那這世間，還有什麼事與我相關？」長意離開的腳步微微一頓，沒有作答。

紀雲禾便接著道：「長意，是不是就算我死了，你也會關著我？」她垂頭看著自己枯瘦蒼白的指尖。「你知道我最想要什麼，最討厭什麼，所以，你用這樣的方式來折磨我，懲罰我，你想讓我痛苦，也想讓我絕望……」紀雲禾笑了笑。

「你成功了。」

冰藍色的眼瞳顏色似乎深了一瞬，長意終於開口：

「那真是，太好了。」

留下這句話，長意身影如來時一般，悄無聲息地離開了。

屋內的炭火不知疲憊地燃燒著自己，紀雲禾也掀開被子下了床。她走到窗邊，推開了窗戶，外面的簌簌風雪便毫不客氣地拍在了她的臉上。寒風刺骨，幾乎要將她臉上本就不多的肉都盡數刮掉。

紀雲禾在風中站了片刻，直到身上的熱氣盡數散去，她才將窗戶一關，往梳妝鏡前一坐，盯著鏡中的自己道：「雖是有些對不起他，但這也太苦了些。」紀雲禾說著，用手摸了摸自己的臉頰，那臉上的乾枯與疲憊怎麼也掩蓋不住。她嘆氣道：

「求長意是求不出去了，這屋裡待著，半點風光沒看到，身子也養不好，飯吃不下，還得吐血……」

紀雲禾張開手掌，催動身體裡的力量，讓沉寂已久的黑色氣息從食指之上冒出。黑色氣息掙扎著，毫無規則地跳動。紀雲禾看著它，眼中微光波動。

「左右沒幾天可活了，鬧騰一番又何妨？」

言罷，一團黑色的星星之火自她指尖燃起。

與此同時，在茫茫大雪的另一邊。

大成國的都城月色遼闊，都城之中，正是宵禁，四處肅靜。京師未落雪，但寒涼非常。國師府中，大國師的房間內，重重素白的紗帳之中，一紅衣女子噴出的氣息在空中繚繞成白霧。她躺在床上，左腿、雙手、脖子，乃至整張臉，全部被白色的繃帶裹住，唯留了一張嘴和一隻眼睛露在外面。

她望著床榻邊的燈架，一隻眼睛緊緊盯著那火焰，口中吐出的白霧越發急促，眼神之中的驚恐也越發難以掩飾。她胸腔劇烈起伏，但奈何這四肢均已沒有知覺，她絲毫無法動彈。

她只得用力呼吸著，喉嚨裡發出含混的嗚咽之聲。

那一星半點的火焰，在她眼中，好似燃燒成了那一天的滔天烈焰，灼燒她的喉嚨，沸騰她的血液，附著在她的皮膚上，任由她如何哭喊都不消失。

她的皮膚又感受到了疼痛，痛得讓她的心靈幾乎扭曲。

直至一張男子清冷的臉出現在她面前，為她遮擋住了床邊的那一點火光。就像那天一樣，當他出現的時候，所有火光都被撲滅，他就像神明，再一次，不管千里萬里，都能救下她……

「汝菱。」

順德公主稍稍冷靜了下來。

師父……

她想喊，但什麼也喊不出來。在這個人出現之後，她周身的灼痛感都慢慢消失，呼吸也漸漸平順了下來。

大國師對她道：「今日這藥，雖則喝了會有些痛苦，但能治好妳的喉嚨。」大國師扶她起來，將這碗藥餵給了她。

苦藥入腹，順德公主突然目光一怔，喉嚨像是被人用雙手扼住。她突然大大張開嘴，想要呼吸空氣，但吸不到，窒息的痛苦讓她想劇烈掙扎，無力的四肢卻只表現出了絲絲顫抖。

她眼中充血，充滿渴望地望著身邊端著藥碗的大國師。

師父……

她想求救，但大國師只端著藥碗，站在一邊。他看著她，卻又不是完全在看她。他想要治好她，卻好似又對她根本沒有絲毫憐惜。終於，窒息的痛苦慢慢退去。

順德公主緩了許久……

意。

「師父……」

她終於沙啞地吐出了這兩個字。及至此刻，大國師方才點了點頭，可臉上也未見絲毫笑

「藥物有效，汝菱，再過不久，我一定能治好妳的臉。」

她用僅有的一隻眼睛盯著大國師道：「師父……你是想治我，還是要治我的臉？」

「這不是一個聰明的問題。」大國師直言。

他從來不回答愚蠢的人與愚蠢的問題。大國師轉身離開。

被褥之下，順德公主的手指微微收緊，被灼燒烏黑的指尖，將床榻上的名貴綢緞緊緊攥在掌心。

紀雲禾在白天的時候好好睡了一覺，晚上送飯的丫頭換了一個。這丫頭文靜，放下食盒便走了。長意也如往常這般過來「巡視」，看著她乖乖吃完了今天的飯食，再一言不發地離開。

來了兩個活人，偏偏一點生氣都沒有，紀雲禾開始想念那個喜歡鬧脾氣的江微妍了。

紀雲禾拆了自己的床幃，給自己縫了一個大斗篷，穿在身上，帥氣幹練。

她推開窗戶。今夜雪晴，皓月千里，無風無雲，正是賞月好時候。

她將手伸出窗外，沒有遇到任何阻礙，她便又想將頭探出窗外，但臉剛剛湊到窗戶邊，

便感到了一股涼涼的寒意。再往上貼，窗戶邊便出現了藍色的符文禁制。

手能伸出去，腦袋出不去，長意這禁制設得還真是有餘地。

紀雲禾笑笑，指尖黑氣閃爍。

長意的禁制，她不確定能不能打破，但如果打破了，她就只能發足狂奔，抓緊時間往遠處的大雪山跑去，等入了深山，天高海闊，饒是長意也不一定能找到她，到時候，她與這些故人怕是再也不會相見了。

紀雲禾回頭看了一眼空蕩蕩的屋內，深吸一口氣。如果說，她現在是走到了生命最後的期限，那麼，就讓她為自己自私地活一次吧。

下定決心，紀雲禾催動身體中的力量，霎時，九條黑色的大尾巴在她身後蕩開，紀雲禾手中結印，黑色氣息在她掌中凝聚，她一掌拍在窗戶的藍色禁制上。

只聽「轟」的一聲悶響，整座樓閣登時一晃，樓閣之外傳來僕從的驚呼之聲。

藍色禁制與黑氣相互抵抗，不消片刻，在紀雲禾灌注全力的這一擊之下，禁制應聲而破。

破掉禁制，紀雲禾立即收手，但這一擊之後，紀雲禾突覺氣弱。她的身體，到底是支撐不住這般消耗。

而她知道，禁制破裂，長意應該立即就能感受到，她必須此刻就跑，不然一點機會都沒有了！

沒有耽擱，紀雲禾踏上窗框，縱身一躍！她斗篷翻飛，宛如一隻展翅的蒼鷹，迎著凜冽的寒風，似在這一刻，掙斷了房內無數無形的鐵鍊，迎向皓月繁星。

在她衝出窗戶的這一瞬，樓下已有住在湖心島的僕從奔出。僕從們看著從窗戶裡飛出的紀雲禾，有人驚訝於她身後九條詭異的大尾巴；有人駭然於她竟然敢打破長意的禁制；有人慌張呼喊著快去通知大人。

但紀雲禾看也未看他們一眼，踏過幾個屋簷，身影不一會兒便消失在湖心小院之中，徒留滿院的驚慌。

寒風烈烈，刺骨冰冷，將她臉颳得通紅，紀雲禾卻覺得久違的暢快。胸腔裡那口從六年前便鬱結至今的氣，好似在這一瞬間都被刺骨寒風颳散了一般。紀雲禾仰頭看著月色，放眼遠山，只覺得神清氣爽，胸腔那因為劇烈奔跑的疼痛沒有讓她感到難受，只讓她感受到自己生命燃燒的熱量。

活著。沒錯，她還好好地活著。

她一路奔至湖心島邊緣，無人追來，四周一片寂靜。紀雲禾看著面前遼闊的湖面，湖面已經不知結了多厚的冰，她一步踏上冰面，繼續往遠山覆雪處奔跑。

她的速度已經不由自主地慢了下來，但紀雲禾卻一邊跑，一邊哈哈大笑了起來，像個小孩一樣，為自己的胡鬧笑得停不下來。

但最終她膝蓋一軟，整個人直接跪在冰面上，一滾滾出好幾丈的距離。斗篷裹著她，在冰面上滑了好久，終於停下來。

紀雲禾跑不動了，九條尾巴也盡數消失，她卻躺在冰面上放聲大笑。

終於，她笑累了，呈大字躺著，看著月亮，看著明星，喘出的粗氣化成的白霧，似乎也化成了天邊的雲，給明月和星空更添一份朦朧的美。

她在冰面上靜靜地躺了許久。

直到聽見腳步聲慢慢走到她的身邊，她不用轉頭，便知道來的是什麼人。

而紀雲禾沒有力氣再跑了，她的身體不似她的心，還有鬧騰的能力。

「這是一次浪漫的出逃，長意。」她看著明月道：「我覺得我像個勇士，在心中對抗魔王。」

「魔王」站在一旁，冰藍色的眼瞳涼涼地看著她，聲色比氣溫更冷。他道：「起來。地上涼。」

說的是關心的話語，語調卻是那麼的不友好。

對長意來說，追趕現在的紀雲禾真是再簡單不過的事。紀雲禾此時方覺得逃跑之前的自己想得天真。又或者，她內心其實是知道這個結局的，但她並不後悔這樣做，甚至覺得，在她死的那一刻，她也不會後悔今天的舉動。

「勇士」紀雲禾腦袋一轉，看著站在一旁的「魔王」長意，英勇地開口：「月亮多好看，你陪我躺一會兒唄。」

「魔王」不苟言笑，甚至語氣更加不好地道：「起來。」

「勇士」一副死豬不怕開水燙的模樣，屁股貼在冰面上，身體像隻海星，往旁邊挪了一點，又說：「不起。」

似乎已經很久沒有人這樣挑戰「魔王」的權威了。長意點頭道：「好。」

話音一落，長意指尖一動，只聽「喀喀」幾聲脆響，紀雲禾躺著的冰面下方陡然竄出幾道水柱，在紀雲禾未反應過來時，水柱分別抓住了紀雲禾的四肢和頸項，將她舉了起來。

「哎！」

水柱溫熱，在寒夜裡升騰著白氣，抓著紀雲禾的四肢，非但不冷，還溫暖了她先前涼透了的四肢。紀雲禾想要掙扎，卻掙扎不開。

她不起，長意竟便要將她抬回去……

長意在前面走，紀雲禾被幾根水柱抬著，在後面跟著。

「長意……」

長意並不搭理。

「我是風風光光打破禁制出來的，這樣回去，太不體面了些。」

長意一聲冷笑：「要體面，何必打破禁制。」

這個鮫人……明面不說，暗地裡其實是在生她的氣呢。

紀雲禾安撫笑道：「我今日精神養得好，便想活動活動，左右沒拆你房子，沒跑掉，也沒出多大亂子，你放開我，我自己走，這般抬回去，多不雅。」

長意腳步微微一頓，轉頭看紀雲禾道：「我放了妳，妳好好走。」

紀雲禾保證：「你放了我，我好好走。」

水柱撤去，紀雲禾雙腳落地，在冰面上站穩了，而落下去的水，沒一會兒，就又結成了腳下的冰。

長意看了紀雲禾一眼，轉身繼續在前面帶路，而紀雲禾揉了揉手腕，看了一眼長意的背影，又看了一眼天上的明月，在心底微微嘆了一聲氣。

霎時，紀雲禾九條尾巴再次凌空飄出。她腳踏冰面，再次轉身要跑，可是紀雲禾剛一轉身，躍出一丈，身前便是黑影閃動，銀髮藍眸之人瞬間來到她身前，紀雲禾微驚，沒來得及抬手，長意便一手擒住紀雲禾的脖子，將她從空中拉到冰面上。

他手指沒有用力，只是制住了紀雲禾的行動。

長意面色鐵青，盯著紀雲禾，近乎咬牙切齒地說：

「妳以為，我還像當年一樣，會相信妳所有言語嗎？妳以為，妳還能騙我？」話音未落，長意倏爾抬手，一把抓住紀雲禾從他背後繞過來，想要偷襲他的一條黑色尾巴。他直勾勾地盯著紀雲禾，眼睛也未轉一下。「妳以為，妳還能傷我？」

不能了。

此時，長意僅憑周遭氣息變化，便足以制住紀雲禾的所有舉動。他們現在根本不是一個層級的對手。

或者說，從開始到現在，論武力，紀雲禾一直不是他的對手……

當年她能刺他一劍，是因為那一劍，他根本不想擋。

長意手上一用力，妖力通過她的黑色尾巴傳到紀雲禾身中，她只感覺胸腔一痛，登時所有力量散去，她四肢脫力，只得盯著長意，任由他擺布。

「紀雲禾，妳現在在我手中。」他盯著紀雲禾，那藍色的眼瞳裡彷似起了波瀾，有如下著暴雨的大海一般，深沉一片。「我可以明確地告訴妳，妳要自由，我不會給妳，妳要落葉歸根，我也不會給妳。」他一邊說著，一邊微微俯身，唇齒湊到了紀雲禾耳邊。「妳只能在我手中，哪兒都不能去。」

寒涼夜裡，長意微微張開唇，熱氣噴灑於紀雲禾耳畔，讓紀雲禾從耳朵一直顫抖到了指尖，半個身子的寒毛幾乎都豎了起來。

在她還猜不出他要做什麼的時候，紀雲禾只感覺右邊耳骨狠狠一痛，竟是被長意咬了一口！

這一口將紀雲禾咬得破皮流血，卻在紀雲禾的耳朵上種下了一個藍色印記。

「你……做什麼……」紀雲禾啞聲道。

長意的手指撫過紀雲禾流血的耳畔，血跡登時被他抹去，留下一個細小的藍色符文印記，烙在她的耳朵上。

「除了我身邊……」他說：「天涯海角，碧落黃泉，我都不會給妳容身之地。」

*

紀雲禾被帶回了湖心小院之中。

她再次被關了起來，這一次，禁制嚴苛得連手也伸不出去了。

所謂的作死就會真的死，在她身上得到了淋漓盡致的體現。

但紀雲禾沒有後悔。

她一直記得那天晚上從窗戶踏出去的那一刻，也記得那晚暢快的狂奔，還有力竭之後躺在冰面上的舒適、開心——寒風是甜的，夜空是亮的，一切都那麼美妙和痛快。

那是她一直想要的，自由的味道。

而有了這一夜之後，紀雲禾彷彿就少了很多遺憾似的。她看著這重重禁制，有一天忽然就想到，她便是此刻死了，也沒什麼大不了的。

此念一起，便再難壓下。

而長意留在她耳朵上的印記，紀雲禾研究了兩天，實在沒研究出它的用途。

她作馭妖師多年，知道有的妖怪會在自己捕獲的「獵物」身上做各種各樣的標記，來表示這是屬於自己的東西。或許長意只是想透過這個東西告訴她，她已經不再是一個獨立的人了，她是附屬於他的所有物。

儘管在所有人看來，目前事實就是這樣，但紀雲禾不認。

就像以前，順德公主認為長意是她的，而紀雲禾絕不承認一樣。

事至如今，紀雲禾也不認為她是長意的人。

她是屬於她自己的，在馭妖谷的時候是，在國師府的時候是，現在，在這湖心小院的閣樓之中，也是。

她這一生，做了很多身不由己的事，也被迫做了許多選擇，或悲傷，或痛苦，艱難隱忍地走到現在，被命運拉扯、擺弄、左右。

但宿命從未讓她真正臣服。

林滄瀾用毒藥控制她，她一直在謀劃要奪取解藥；順德公主以酷刑折辱她，她也從不服軟。

她一直在和命運爭她生命的主導權，有贏有輸，但沒有放棄。

一直爭到如今。

紀雲禾看著鏡中的自己，一臉枯瘦，眼窩凹陷，面色蒼白，她和命運爭到如今，可謂慘烈至極。而從前，她在爭「生」，如今，她想和命運換個玩法。

她想爭「死」。

她想要決定自己在何時，於何地，用什麼樣的方式走向生命的終章。

驕傲的，有尊嚴的，不畏懼，不驚惶地結束這一程逆旅。

而今的紀雲禾，沒有雜事要繁忙，於是她用所有時間來思考這件事情。設計、謀劃、思考，然後做取捨和決斷。一如她從前想方設法在馭妖谷中保護自己、保護自己的同伴一樣。

這湖心島的閣樓禁制，靠現在的紀雲禾是怎麼也打不破的，所以她唯一能死的地方，就是這閣樓的幾分地裡。不過沒關係，謀劃時總有捨有得，她的最終目的是死亡，時間、地點，用哪種方式，都是可以妥協的，達到最終目的最重要。

且她現在這個目的，只要瞻前，不用顧後，可謂十分簡單直接，畢竟……善後是活人的事情。

她唯一需要思考的，就是怎麼達到這個目的。這件事情有點難，因為她和長意的目的相衝突——長意不讓她死。

紀雲禾在獨處的時候將閣樓翻了個遍，沒有找到任何武器。

自刎是不行了，要跳樓又撞不出去，想餓死自己吧，每天定點送到的三餐還得被人盯著吃進嘴裡。

難不成悶口氣，憋死自己嗎？

她倒是試了試，日出睡覺的時候，她把被子都悶在了自己頭上，緊緊捂住，沒一會兒後開始氣悶，但氣悶之後她的手就沒了力氣，竟然就這樣趴在被子裡呼嚕呼嚕睡了一天。

醒來的時候，除了覺得鼻子有些不舒服，也沒其他不適。

紀雲禾還把目光放到了房梁上，想著用床單擰根繩，往房梁上一掛，吊死也行。

紀雲禾覺得這法子可行，但是找來找去，愣是沒找到剪子。

這才想起，竟然是上次她用剪子將床幃剪了，做成斗篷逃出去後，長意將她的剪子也沒收了。拆不了褥子，她便把床單拆了下來。可床單一抖，布料飄然落下的時候，背後忽然出現了一個黑臉煞神。

長意一臉不開心地負手站在紀雲禾面前。

床單軟趴趴地垂墜在地。

紀雲禾呆呆地看著突然出現的長意，一時間還以為這床單是什麼道具，突然來了一齣大變活人。

「你……什麼時候來的？」紀雲禾看了看自己房間的大門。「飯不是還沒送到嗎……」

長意黑著臉，像是沒聽到她的問話一樣，只道：「妳又要做什麼？」

「我……」紀雲禾又把床單抖了兩下。「我覺得床單有些髒了，抖一抖。」

「抖完了？」

「嗯。」

「鋪回去。」

長意背著手，盯著紀雲禾將床單又規規矩矩鋪了回去，然後一臉不高興地走了，和來時一樣，無聲無息。

紀雲禾往床上一坐，覺得自己出師不利。但經過這件事，她也明白了，這個鮫人，不知道為什麼，好像能很快地察覺她的一舉一動。這次還好沒有露出要自盡的馬腳，不然之後的事辦起來更加麻煩。

看來……不能用緩慢的方法自盡了。

紀雲禾摸著下巴，愁得長嘆一聲。

她看向屋內的炭火，這拿炭燒屋子的方法怕是也不行。說不定火還沒燃起來，大冰山就瞬間趕過來了……

不過……紀雲禾看著屋內無聲燃燒的炭火，倏爾想起了先前，她被關在國師府地牢的時候，大國師曾給她看過的書。大國師曾經喜歡的人遊歷天下，寫了數本遊記，遊記中，除了一些天文地理、山川湖泊的記載，還有一些閒散趣聞。

她隱約記得，其中有一章曾寫過，北方某貴胄家中，曾用一種名叫「紅羅炭」的木炭取暖，此種木炭用名貴的硬木製成，灰白卻不爆，可用時間也極長，且十分溫暖。但貴胄家中幼子常早夭，女眷壽命皆不長，男子也常罹患疾病，甚至在一夜裡，家主與夫人盡數喪命。

而家主與夫人死時，據說面色安詳，猶似還在夢中，並無猙獰之相，當地的人認為是此宅風水不好，有妖怪作亂，家主與夫人皆被妖怪吸取了神魂。

但著書之人探究之後卻發現，是他們用的木炭和房屋不通風造成的慘案，著書人將其稱為「炭毒」。

而紀雲禾之所以對這件事記得如此清楚，是因為她在看完這文章之後，還曾與大國師探討過一番。

紀雲禾說，世間很多人都將自己不理解的事歸類為妖怪作亂，是以對妖怪心生嫌惡，難得還有人願意如此費力不討好地去查明真相，寫在書中，雖然這書最後沒什麼人看見……

大國師聞言只道：「她較真兒。」

當初紀雲禾只感慨大國師是個情深的人，他和喜歡的女子也甚是可惜了。

但如今，紀雲禾想起這段事，歡欣鼓舞得想要跳起來。

她這屋裡的窗戶，她想開也沒人願意給她開，本就常常關著。而她身體弱，大可稱自己畏寒懼冷，讓僕從多拿幾盆炭火來，甚至可以點明要名貴的紅羅炭，僕從就算覺得奇怪，也只會當她矯情，而長意便是知道了也不會起疑心。

多燒幾盆炭，憋個一整天，第二天悄無聲息地去了，面色安詳，猶似在夢中……也不會有人覺得她死得蹊蹺，因為她本就體弱，眾人只會覺得她是在夢中壽終正寢。

這可謂是最妙的一個死法了。

紀雲禾為自己的記憶力感到欣喜雀躍。

她期待地往桌子旁邊一坐，等到僕從送了飯來，紀雲禾叫住她沒讓她走，待得長意來了，她便給長意許願：「我這屋子太冷了，這一盆炭火還是讓我手腳冰涼，待會兒，便多給我送幾盆炭火來吧。」

長意沒有起疑心，淡淡地「嗯」了一聲。

侍女領命，正要離去，紀雲禾喚道：「院裡有紅羅炭嗎？我以前聽說，那種炭火是最好的。」

侍女恭恭敬敬地回答：「有的。」

紀雲禾點頭道：「多拿幾盆過來吧，這日子越來越冷了。」

侍女沒有應是，直到長意點了頭，她便恭敬地離開了。

紀雲禾心滿意足地捧起了碗。她看了一眼坐在桌子對面的長意，長意今天似乎事務繁忙，手裡還拿著一封長長的文書在皺眉看著。

察覺到紀雲禾的視線，長意目光掠過文書，看向紀雲禾，卻見紀雲禾臉上掛著若有似無的微笑。她笑得溫和且平靜，長意本因文書而煩躁的情緒微微緩了緩。他眉頭漸舒，將文書放下。

「有事？」他依舊冷冷問著。

「沒事。」紀雲禾道：「只是覺得你如今越發有威嚴了，和以前相比，這變化可謂天翻地覆。」

但凡紀雲禾提到「以前」二字，長意心情便不會好。他冷哼一聲，再次拿起了文書。

「拜妳所賜。」

紀雲禾笑笑，乖乖吃了一口飯，宛如在閒話家常一般，道：「但你的面容，還是一如既往好看，甚至比以前更有成熟的味道了。」

長意目光聚焦之地又從文字換到了紀雲禾臉上。

紀雲禾今天非常乖巧，吃一口飯，吃一口菜，細嚼慢嚥，半點不用人催。長意心頭有些奇怪的感覺，卻說不上是如何奇怪。

直到紀雲禾將碗中的米飯和菜都吃完，長意也收起了文書。他起身要走，往常這時候，紀雲禾都是催著他離開的。他的目光對她來說像是監視。

長意心裡明白。

但今天，紀雲禾卻忽然開了口喚：

「長意。」

她留住了他。

長意轉回頭，但見紀雲禾眉眼彎彎，笑容讓她蒼白的臉色紅潤了幾分，恍惚間，長意好似又一次看到了十方陣中深淵潭水邊上，那個拉著他的手，笑著躍入黑暗的女子。她是那麼堅毅、美好，又充滿誘惑。

同樣的笑容，同樣地讓人猜不透她笑容背後的心緒。

「長意，你是我見過最美也最好的人……」

她的話，讓長意袖中的手攥緊了文書。

她接著道：「也是最溫柔，最善良的人。六年前，如果不是那般場景，我或許會很喜歡很喜歡很喜歡你。」她故作輕鬆，笑了笑。「或許，還會想作你們鮫人那一生一世一雙人的雙人。」

長意看著她，並不避諱她的眼神，四目相接，談不上纏綿，也說不上廝殺，這瞬間的靜默宛如深海暗流，將他們兩人的情緒都吞噬帶走，流向無盡的深淵。

燭光斑駁間，長意竟依稀覺得，紀雲禾眸中似有淚光。

一眨眼，她的黑瞳卻又清晰可見。

長意沉默了片刻，只平靜地打量她。

「事到如今，再言此語，妳又有何圖？」語調堅硬，猶似磐石。

「我只是想告訴你而已。」

「好，我知道了。」

再無糾葛，長意轉身離去。

房中又陷入一片死寂之中。

紀雲禾坐在椅子上，靜靜等著侍女將她要的紅羅炭送來。

她坐了很久，直到侍女來了，將炭放下，又收拾了一番，問她：「姑娘，炭火夠嗎？」

紀雲禾看著屋子裡的炭盆，嫣紅的炭火迷人得像少女的臉頰，此時仍是寒冬，而紀雲禾卻彷彿來到了三月春花漸開的花海。

春風一撫，攜著春花與暖陽，放鬆了眉眼臉頰，便令這寒冰般堅硬的脊梁骨也化了水，柔軟下來。

紀雲禾看著這嫣紅，倏爾笑出了聲來。

夠了夠了，想說的話也都說出口了。

「足夠了……」

*

紀雲禾作了一個夢，夢裡，她的眼前是一片浩瀚渺茫的大海。

海上有鳥鳴，有鯨吟。在遼闊的大海中，一條巨大的藍色尾巴在海面上出現，又潛下。

紀雲禾看著那巨大的尾巴在海面上漸行漸遠，終於完全消失。她對遠方揮了揮手，忽然間，天空之中光華流轉，紀雲禾向著那白光閃爍之處邁出了一步，一步踏出，踩在空中，宛如有一道無形的階梯在她腳下鋪就。

她一步一步往上走著，覺得身體是從未有過的輕盈，那些病痛都已遠去，她向上而去，卻在離開地面許久之後，忽然間，一陣風吹過紀雲禾耳邊。

寒風帶著與這夢境全然不同的涼意，將她微微一刺。

「妳還不能走。」

有個女人的聲音陡然出現在紀雲禾耳邊。

她側過頭，往身邊看去。在她身側，四周皆是一片白光，而在風吹來的方向，紀雲禾隱約覺得那處白光之中似乎還站著一個人，那人身形曼妙，一襲白衣白裳，頭髮披散著。她對紀雲禾道：「妳再留一會兒吧。」

「妳是誰？」

紀雲禾開了口，卻沒有得到回答。

忽然間，紀雲禾腳下無形的階梯開始震顫，緊接著一聲轟隆巨響，階梯坍塌，紀雲禾毫無防備，眼看四周白光驟然退去，她再次墜入黑暗的深淵之中。

輕盈的身體墜下，宛如撞入了一個人形的囚牢之中，這囚牢又溼又冷，捆在她身上，像是一個生鐵枷鎖，鎖住了她每一寸皮膚。

紀雲禾陡然睜開雙眼。

她感覺那個囚牢和自己融為一體了，紀雲禾動動手指，抬起手來。原來……這個囚牢，竟是自己的身軀。

馭妖谷、國師府、湖心小院的囚禁算什麼，這世上最堅固的牢籠，原來是自己的這副肉軀。

紀雲禾勾唇笑了笑，還未來得及做別的感慨，在自己抬起的手指後，忽然看見了一個黑袍人影。

他站在紀雲禾的床尾，一直在那兒，但沒有說話，直到紀雲禾醒來，他也一聲不吭。他盯著紀雲禾，那雙藍色的眼瞳裡好似隱著千思萬緒，又好似什麼都沒有。

一絲涼風撩動紀雲禾的髮絲，紀雲禾轉頭一看，卻見那常年緊閉的窗戶此時大開著，外面雖是白日，但寒風呼嘯，鵝毛大雪紛紛而落，見不了日光，不少雪花被寒風裹挾著吹進屋中，落在炭盆上，發出滋滋沸騰聲，化為白煙，消弭無形。

原來……風是從這兒來的……

「長意……」紀雲禾呼喊他的名字，卻像是在嘆息。「何必……」

何必不放過她，又何必不放過自己……

長意沒有回答她，他身上穿的衣服比素日來見她時，要顯得正式一些，銀色的頭髮還盤了髮冠，彷似是從非常正經嚴肅的場合趕來的一樣。

長意上前一步，在她床榻邊坐下，卻沒有看紀雲禾。他看著窗前的炭盆，看著那白煙，似在發呆一般，問：

「妳想求死？」

「我這身軀……」紀雲禾虛弱地坐起身來，她整個身體綿軟無力，蹭了好一會兒，才靠著床頭坐穩了。「生死無異。」

長意確定了她的想法。

「妳想求死。」他呢喃自語。

難得，紀雲禾摸不準他的想法和意圖。她伸出手，握住長意的手腕，長意微微一愣，卻沒有立即甩開紀雲禾的手。他側過身來，看著面色蒼白的紀雲禾。

紀雲禾道：「長意，你不是想報復我嗎？」她盯著他的眼睛，那藍色的眼瞳也緊緊地盯著她。

而便在這相視的瞬間，紀雲禾陡然凝聚起身體所有的力量，一隻手抓住長意的手腕，另一隻手猛地拔下長意頭上髮冠的玉簪，電光火石間，紀雲禾便要將那玉簪刺進她的喉嚨！

而在這時！長意另外一隻未被握住的手一抬，掐住紀雲禾的脖子，將紀雲禾身子按倒在床上，他自己也俯身於紀雲禾身體上方，而那根簪子，則插入了他的手背之中。

紀雲禾這一擊是必死之舉，她沒吝惜力氣，長意這一擋也是如此的出其不意。

那玉簪幾乎將長意的手背扎透了，鮮血直流，將紀雲禾的頸項、鎖骨全都染紅，鮮紅的血液流入紀雲禾衣襟裡，她的領口便也被鮮血暈開。

紀雲禾驚詫非常，她看著壓住自己的長意。

他的手掙脫了她的桎梏，此時反壓著她的手腕，將她的手腕按在床榻上。他另一隻手在她頸項處，插著玉簪，鮮血直流，而那銀色的長髮則如垂墜而下的流蘇，將他們之間隔出一個曖昧到極致的小空間。

「妳憑什麼了結自己的性命？」

長意盯著紀雲禾，那雙眼瞳暗潮洶湧，一直隱藏壓抑著的情緒，醞釀成了滔天大怒。他質問紀雲禾。

紀雲禾狠下心腸，不去管長意手背上的傷口，直視長意道：「六年前，崖上寒風，不夠涼，是嗎？」

長意愣住，眼中的藍色開始變得深邃而渾濁。

紀雲禾嘴角掛著輕笑，道：「當年我利用你，卻被你逃脫，我知道你在此舉之後如被抓住，必定面臨不少責罰，看在過往相處的情分上，我本對你動了惻隱之心，不欲將你送到順德公主那方活受罪，於是便想殺了你，了結你的痛苦。」

長意放在紀雲禾脖子上的手，慢慢收緊。

紀雲禾繼續道：「沒想到，你竟然逃走了，我也因此受了順德公主的懲罰。而如今，你讓我這般活受罪，卻讓我連求死都不能。」

那手收緊，讓紀雲禾開始有些呼吸困難，但她還是咬牙道：「長意，你真是有了一副比我當年還狠的心腸。」

言罷，長意眼中的顏色好似變了天，有如那狂風暴雨的大海，是漩渦一般厚重的藍黑色。

他的掌心用力，玉簪弄的傷口，鮮血洶湧而出，他不覺得痛，紀雲禾也閉上了眼睛。

直到紀雲禾面泛青色，那手終於離開了她的頸項。

空氣陡然進入胸腔，紀雲禾嗆咳起來。

長意卻坐起身來道：「妳說得對。」他看著紀雲禾。「我就是要讓妳求死不得。」

他推門出去，屋外傳來他冰冷的聲音：「來人。多餘的炭盆撤掉，房間窗戶命人守著，門口也派兩人看守，沒有我的命令，都不准離開。」

外面的聲音消失，紀雲禾這才緩過氣來，她看著屋外的大雪，又看著畏畏縮縮走進門來的侍女。

侍女將炭盆一個個端走，又將窗戶掩上，只留一點通氣的口。

她們各自忙著，目光半點也不敢在床榻上的紀雲禾身上停留。

紀雲禾長嘆一聲氣。這次真的完蛋了，死不成了，意圖暴露了，想法也被看透了，連翻舊帳的激將法都用了，還是不管用。紀雲禾摸了摸自己的脖子，手掌沾了一手黏膩的血。

她閉上眼，捶了一下床榻說：「到底是哪個混帳東西攔了我登天的路……」

侍女們渾身顫了顫，還是不敢看她，只是手上的動作更加麻利了起來。

接下來的一整天，紀雲禾屋裡都是人來人往的，一會兒有人將桌子抬來換了，一會兒有人放了個櫃子來，僕從們忙上忙下地工作了一天一夜，紀雲禾終於找了個機會，逮著一個看起來像是管事的人問道：「要拆房子嗎？」

管事的恭恭敬敬地回她：「姑娘好福氣，以後主上要住過來了。」

紀雲禾一愣，一時間竟然沒有明白過來這句話的意思。

「啊？」她眨了兩下眼睛。「誰？住什麼？」

「主上，主上昨日下令，此後他的公務都要到這湖心小院來辦了。」

紀雲禾身子晃了一下。

管事道：「不過姑娘放心，主上吩咐了，白日不打擾姑娘休息，他會給姑娘加個隔簾禁制，一點聲音都漏不進去。」

「隔……隔簾禁制？」紀雲禾一臉不敢置信。「隔哪兒？我床上？這樓不是有三層嗎？」

「對，主上就喜歡姑娘在的這一層。」

言罷，管事的伏了個身，規規矩矩地退到門口，又去指揮工作了。

紀雲禾呆呆地往床上一坐。

忽然覺得……自己好像……又鬧了件大事。

她的地圖……竟然只有一個床榻了。

第十五章　生死簿

紀雲禾本以為，長意怕她再亂來，於是便將公務搬到這湖心小院來處理，順便監視她。

但當紀雲禾看到幾個苦力滿頭大汗地抬了一張床進來時，紀雲禾覺得事情有點不妙了。

「他莫不是還要住在這兒吧？」紀雲禾好不容易又逮住了管事的詢問。

「主上說住過來，就是住過來。」管事的態度很好，畢恭畢敬。「自然是白天住過來，晚上也住過來。」

紀雲禾這下徹底傻眼了。

「這不是個湖心小院嗎？不是很偏僻嗎？他住過來幹啥？」

「姑娘說笑了，主上在哪，哪兒自然就是中心，何來偏僻一說。」

紀雲禾看著管事的，被話噎住了喉嚨。她沒想到，不過幾年時間，這四方馭妖地當中，最為苦寒的馭妖台，當真被長意變成了這天下的另一個權力中心。這規章制度一套一套的，恨不得將京師那些馭人權術的東西都學了過來。

又忙了一日，及至太陽落山，紀雲禾從床榻上醒過來，轉眼一看，屋裡各種東西都已置辦好了。

長意來時，紀雲禾別的沒說，就坐在床榻上，指著這滿屋金貴對他道：「你這鮫人，上哪兒養的這些金貴喜好？外面在打仗，你一個領頭的如此奢靡浪費，這位子怕是坐不久。」

長意聞言，並未辯解，只道：「這位子我能坐多久，與妳何干？」

紀雲禾笑了笑道：「自然是有關係的，你被人趕下去了，我不就正好跑了嗎？我可希望你能多奢靡浪費一些。」

長意眸光微微一冷，還未來得及說話，屋外倏爾傳來一道冷笑之聲。

「紀姑娘怕是想得太好了。這鮫人，我還沒見他在別的地方奢靡浪費過。」

紀雲禾微微一轉頭，但見一個和尚邁過門檻，走了進來，站到了長意身側，一臉倨傲地看著紀雲禾，神色間難掩對紀雲禾的厭惡。

紀雲禾將他上下一打量，一串白骨佛珠被他捻於手中，一身黑色袈裟更稱得那佛珠醒目。紀雲禾目光在那佛珠上停留了一瞬，便確定了來人的身分——空明和尚。

那佛珠材質不是珍貴名木，也不是珠玉寶石，而是骨頭。

傳聞空明和尚嫉惡如仇，誓要管盡不平事，殺盡極惡徒。他每殺一個人，則會將那人頭皮掀開，取天靈蓋之骨，做成胸前佛珠。

紀雲禾曾經數次從洛錦桑嘴裡聽過這個人的名字，卻怎麼也沒想到，當終有一日她見到這個人的時候，竟然不是透過洛錦桑引見……

「空明大師，久仰大名。」紀雲禾道。

空明和尚：「不敢，紀護法的名字，才是令某久仰了。」

許久沒有人用馭妖谷的身分來稱呼她，紀雲禾一時間還覺得有些陌生。她看著空明和尚，覺得有些好笑地道：「初初謀面，大師為何對我火氣這般重？」

空明和尚看著紀雲禾，直言不諱：「我嫉惡如仇。」

紀雲禾也沒生氣。「這麼說來，我在大師眼中，是個大惡人？」

「沒錯。」

空明和尚能在這裡，想來這些年和長意的關係不會差，她紀雲禾作為馭妖谷護法時，是如何對待長意的，想來他應該是從長意口中有所聽聞了，也難怪這麼討厭她。

「好了，我不是讓你來與人閒聊的。」長意打斷了兩人的對話，他走到紀雲禾床邊，空明和尚便也踩著重重的腳步，在紀雲禾床榻邊拉了個椅子坐下。

「手腕給我。」空明和尚不客氣地說著。

紀雲禾也直爽地將手腕伸了出去。「我只聽聞大師嫉惡如仇，殺人如麻，卻不想大師還會治人看病？」

「六年前，有人身受重傷，跌落懸崖，墜入湍急河水，河中亂石砸斷了他所有的骨頭，幾乎喪命，便是我救起他，治好的。」

紀雲禾聞言，心頭微微一抽。把住紀雲禾脈搏的空明和尚眉梢微微一動，瞥了紀雲禾一眼。

紀雲禾不動聲色，微笑看著空明和尚道：「如此說來，大師的醫術很是精湛？」

「不敢，只能救個瀕死的妖怪而已。」言罷，空明和尚將手收了回去，站起身來。「而妳，我救不了。」

「她怎麼了？」長意終於開口問。

空明和尚用自己的衣服擦了擦碰過紀雲禾手腕的手，聲色刻薄：「一臉短命相，還能活月餘吧。」

月餘……

都這樣了，還能活月餘。紀雲禾心道，自己還真是命硬呢。

長意卻皺了眉頭。「我是讓你來治人的。」

「妖我能治，人我也能治。」空明和尚還在擦手，好似剛才碰過紀雲禾的手指怎麼都擦不乾淨一樣。「她這樣的非人非妖，我治不了。」

「我要的回答不是治不了。」

空明和尚這才轉了頭，好整以暇地看著長意道：「這是看在你的分上，要是換作別的病人家屬，我會讓你帶著她一起滾。」

「賭氣之語毫無意義，我要治療的方法。」

兩人針鋒相對著，紀雲禾一聲「誰是我家屬了……」的嘀咕直接被空明和尚的聲音蓋了過去。

空明和尚直視長意，道：「她因藥物，從人變成了妖怪，身體裡有馭妖師的靈力，也有妖怪的妖力。我本以為她的虛弱是靈力與妖力相斥而成，若是這樣，我有方法可治，我曾閱過古籍，海外有一藥，也可稱其為毒，它可中和此兩種力量，但從她目前的身體狀況來看，這毒藥她已經服用過了。她身體之中的妖力與靈力相輔相成，並未排斥。」

紀雲禾點點頭。「我隱約記得，被沾了那毒的箭射中過。」

長意看了紀雲禾一眼，唇角微抿。

空明接著道：「她之所以這般虛弱，不為其他，只為她本身的身體已被消耗殆盡。她氣血無力，身體更衰過八十老人。閻王要拿她的命，我便是大羅金仙，也改不了這生死簿。」

紀雲禾聽得連連點頭道：「別說八十，就說我過了一百，我也相信。」

她全然不像是個得知了死期的病人，空明和尚因此多看了她一眼，紀雲禾也微笑著看著空明和尚道：「聽說大師見惡人便殺，如今，可能行個好，幫我了結此殘生，也圓你殺盡惡人的興趣愛好……」

「閉嘴。」

紀雲禾這嬉笑言語卻被長意喝止了。他盯著她，藍色眼瞳裡寫滿了固執。

「這生死簿，我來改。」

*

長意想要逆天，改她的命。

空明和尚不願意，直言此事難如登天。

紀雲禾也不願意，她覺得此事太過折騰，她只想安享「晚年」。

但長意很固執。

他強迫空明和尚來給她看診，也強迫紀雲禾接受空明和尚的看診。

為了避免不可靠的大夫加上不可靠的病人一同陽奉陰違地偷懶，長意在兩人看診的時候，會守在一旁，寸步不離。

哪怕公務實在繁忙，到了深夜也有人來求見，長意也會在屋中隔個屏風，在屏風前的書桌上處理事務，紀雲禾就在屏風背後的小茶桌上接受空明和尚的問診。

通常這個時候，屏風前會加一道禁制阻斷聲音，防止兩方互相干擾。

而紀雲禾現在身體雖弱，腦子卻沒壞掉，一旦有機會脫離長意的控制，她就開始試圖策反長意的人。

她眉眼彎彎地笑看空明和尚說：「空明大師，你不願意治，我也不願意活，你我何苦在這兒浪費時間？」

「妳願不願意活與我無關，我答應了那妖怪要治妳，便要信守承諾。」

「做人何苦這般死板。那鮫人又不懂藥理，你隨便將一味藥改成毒藥餵給我吃了，他也不知道。治人有風險的，可能治好可能治壞，他總不能因為這個怪你。」

空明把著她的脈，冷漠地道：「紀護法，其一，我並非為人死板，只是出家人不打誑語……」

紀雲禾笑出聲來，打斷了他：「大師，你胸前白骨佛珠都要湊滿一百零八顆了，還與我說出家人的清規戒律？您說笑呢？」

「我是出家人，我食葷腥，破殺戒，並不影響我守其他清規。」

「嫁娶呢？」紀雲禾笑著，幫洛錦桑問了一句，雖然多年未與洛錦桑相見，但紀雲禾知道，那丫頭的性格總是認死理的。

空明和尚一愣，看著微笑著的紀雲禾，眉頭皺起道：「與妳無關。」

紀雲禾點點頭，似自言自語一般嘆道：「可憐了我那單純的錦桑丫頭，偏碰到一個鐵石心腸的菩薩。」

紀雲禾這話似刺到了空明和尚，他壓住她脈搏的手指微微施加了一些力道，接著紀雲禾先前的話道：「其二，誰說那鮫人不通藥理？」空明和尚盯著紀雲禾的眼睛，似要還她一擊般，笑道：「久病成醫，那鮫人從鬼門關爬回來，可有好些時候都是沒什麼好日子過的。」

紀雲禾唇邊笑意未減，眸中的光卻微微顫了一瞬。

空明的指腹還貼在她的脈搏上，感受著紀雲禾那虛弱的脈象。他有些惡劣地一笑。

「我很好奇，在六年前的馭妖谷，妳到底是使了什麼手段，能換得那鮫人如此真心交付，以至於傷重之後，恨意噬骨，幾乎是憑著恨妳的這口氣撐到現在。」

「什麼真心交付，他不過就是對人對事太過較真罷了。小孩才這麼容易較真。」紀雲禾笑著看空明和尚。「騙小孩很難嗎？」

空明和尚也不動聲色，平靜問道：「赤子之心，妳如何下得了手？」

「赤子之心，在生死權謀之前又算得了什麼？」紀雲禾說得更加無所謂。「鮫人天真……你也如此天真？」紀雲禾冷笑著，佯裝鄙夷地將自己的手腕抽了回來。

空明審視著她，道：「這六年間，妳半點不為當年的事情感到愧疚後悔？」

「我行差踏錯便是深淵，一心謀權求上，不過人之常情，我有何愧疚與後悔？」紀雲禾擺著一副陰險模樣，這些話脫口而出，宛如是她深藏於內心多年的言語。

「害他，妳不後悔？」

「不後悔。」

「你可知他六年謀劃，只為尋一時機，將妳從國師府救來北境。」

「知道，他想找我報仇。」

「妳可知，前日妳尋死，朝陽初升之際，他正在北境封王大典上，感知妳有難，他當場離去，萬人譁然。」

她尋死之日……

紀雲禾腦中快速地閃過長意那日的衣著與髮冠，還有那根她從他頭上拔下，本欲用來自盡的玉簪。長意很少戴那樣的髮冠與玉簪……
原來……他竟是從那樣的地方趕來……
但這些不過在紀雲禾腦海當中閃過了一瞬。紀雲禾神色似是毫無所動，連片刻的遲疑也沒有。
「我不知，但那又如何？」
「如何？」空明和尚微微瞇起了眼看她。「妳能將赤子之心玩弄於股掌，卻在此時洞察不出這鮫人的內心？」
言及至此，紀雲禾終於沉默。
而空明並不打算放過她，繼續道：「妳一心謀權求上，卻在此時，不趁機魅惑鮫人之心，博得信任，將其擊殺，帶回京師立一大功……反而處處惹人討厭，甚至一心求死……紀護法，鮫人生性至純至性，至今也未能懂那人心的千變萬化，我和他可不一樣。」
紀雲禾唇色已有些泛白，她背脊依然挺得筆直。
她看了一眼屏風，長意似乎在外面與人商議極為頭痛的事情，並未注意到裡面她與空明和尚的「問診」發展到了什麼情況。
紀雲禾稍稍定下心來。
然後勾出了一個微笑。
「空明，你是個明白人。你知道把事實說出去，對我，對長意，都不好。我是將死之人……」

「妳是將死之人，我是出家之人。我不打誑語，自然也不說閒話。」空明和尚道：「妳過去的所思所想我不在乎，到底為了什麼我也不想知道，但這鮫人而今是我的朋友，從今往後，只要妳不做傷害他的事，妳以前做的事，我也全當一無所知。」

紀雲禾沉默片刻，倏爾一笑。

「很好……很好。這條大尾巴魚，好歹也算是有朋友的魚了。」她心緒一動，又咳了一聲。「但是……」她唇角的笑慢慢隱去，她盯著空明的眼中陡然閃現了一抹殺意。「你最好如你所說，信守承諾。否則，我會讓你知道，我其實並不是個好人。」

「這人世，哪有什麼好人。妳放心，我不說，不是因為妳，而是因為我和妳想的一樣。」空明道：「鮫人重情，告訴他真相，恐亂他心神，於北境大業毫無利益。而今這場紛爭，雖因鮫人而起，但事到如今，已牽連了這大成國中無數的新仇舊怨。我此生所求所謀，也只有透過他現在做的事，方能實現，無論如何，我絕不會亂此大計。」

紀雲禾垂下頭，看著自己蒼白的手背道：「你清楚就好。」

空明和尚站了起來，瞥了紀雲禾一眼。她身形瘦弱，幾乎沒有人樣。他道：「雖知妳當年必有苦衷，我依舊不喜歡妳。」

紀雲禾笑了笑，抬頭看著他道：「巧了，我也是。」

*

紀雲禾觀察了空明兩天，誠如他所說，他一直對長意保持著沉默。

紀雲禾放下了心。

但和長意住在同一屋簷下的這幾天，紀雲禾又發現了一件讓她擔心的事情……

長意這個鮫人……都不睡覺的。

紀雲禾而今是個見不得太陽的人，所以她日落而起，日出而臥，時間顛倒成了習慣，倒也還算有精神，但長意並不是。紀雲禾以前總以為，長意每天夜裡來看她，等她吃了飯就走，回去後，總是要睡覺休息的。

但過了幾個通宵達旦的晚上後，紀雲禾發現，她吃飯的時候長意在看文書，她蹲在炭盆前玩火的時候長意在看文書，太陽快出來了，她洗漱準備睡覺的時候，長意還在看文書。

而當太陽出來之後，屏風前面，書桌之後，又是一個接一個的人捧著公務文書前來找他。

偶爾午時，紀雲禾能見他用膳之後小憩一會兒，下午又接著忙了起來。晚上最多也就在她吃過飯的時間又小憩一會兒。前前後後加起來，一天休息不過兩個時辰。

紀雲禾憋了幾天，終於，在有一日傍晚吃飯時，忍不住問了坐在桌子對面的長意——

「你是想和我比比，一個月之後，誰先死嗎？」

長意這才將目光從文書上轉開，挪到了紀雲禾蒼白的臉上，再次強調：「妳不會死。」

「對。」紀雲禾點點頭。「但是你會。」

長意放下文書道：「我因故早亡，妳不該開心嗎？」

紀雲禾笑笑，放下碗和筷子，站起身來，將桌上的菜碟拂開，半個身子匐在桌上，用雙手撐著她的臉頰，黑色眼瞳直勾勾地盯著寸外距離遠的長意道：「我改變主意了。」

長意不避不躲，直視紀雲禾的眼睛，靜聞其詳。

「左右，按現實情況來看，你是不會比我早死的，所以……」紀雲禾柔聲道：「我打算對你好些，這樣……你也能對我好些，對不對？」

長意面色依舊森冷，猶如畫上的凶神。他道：「不會。」

但看著長意僵硬拒絕的模樣，紀雲禾微微一抿唇角，掩蓋住內心的笑意。

她伸出手指，觸碰長意的鼻梁，長意還是沒有躲，依舊直視著她的雙眸，聽她微微啞著嗓音道：「長意，那是你沒被女人勾引過……」言罷，她的指尖停在他的鼻尖，長意的皮膚光滑一如嬰兒，紀雲禾沒忍住，指尖在他鼻尖輕輕揉了兩圈。「……不嘗試，你怎麼知道會不會？」

依紀雲禾對長意的了解，這鮫人，一生只尋一個伴侶，男女大防，心中規矩，遠勝人類，六年前在馭妖谷和十方陣時，紀雲禾就知道，他的內心實則是個對於男女之事一竅不通，羞澀非常的人。

她這般相逼，定是會讓他不知所措，從而忘記剛才的問題……

紀雲禾心中的想法還沒落實，忽然間，她摸人鼻子的手陡然被抓住。

紀雲禾一愣，但見長意還是冷著一張臉，看著她，冷聲道：「好。」

「嗯？」

這聲好，說得紀雲禾有點茫然。

「那就試試。」

「啊？」

紀雲禾雙目一瞠，尚未反應過來，忽然間手腕被人一拉，她趴在桌上的身體整個失去支撐，猛地往前撲，下一瞬間，她的肩膀被人抓住，身形剛剛穩住之時，她的唇便被另外一雙微帶寒涼的唇壓住了。

紀雲禾雙眼睜得老大，距離太近，以至於她根本看不清眼前人的模樣，但那唇齒之間的觸感卻讓紀雲禾根本無法忽略她所處的情況。

什……什麼？

這鮫人在做什麼！

他……他……他不是一生只許一人嗎！

他變了……

他完全變了！

當那薄涼的唇齒離開之時，紀雲禾只覺自己的唇舌猶如被烙鐵燒過一般，麻成一片。

她一臉震驚，半個身子趴在桌上，愣是沒回過神來。

「試過了。」長意站起身來，披散下來的銀色頭髮擋住了他的臉。他的聲色依舊不起波瀾。「還是不會。」

不會什麼？

就算被她勾引，也不會對她好嗎？

但……但……這個問題……還重要嗎……

紀雲禾全然懵懂了，直到長意扯出被紀雲禾壓在手肘下的文書，繞過屏風，坐到了他的書桌前，紀雲禾也還沒回過神來。

她僵硬地轉頭，看著前面的燭光將長意的身影投射到屏風上。他歪坐在椅子上，一手拿著文書，另一隻手也不知是捂著臉還是撐著臉，一動也不動，宛如坐成了一幅畫。

紀雲禾也在桌子上趴成了一個雕塑。

渾身僵硬，大腦混沌。

隔了老久，半邊身子都趴麻了，她才自己動了動胳膊，撐起身子，這一不小心，手掌還按在了一旁的菜碟上，沒吃完的青菜灑了一桌，弄髒了她的袖子。

她往後一坐，又沒坐穩自己的椅子，一屁股坐在了地上，折騰之下，又把自己還剩的半碗飯給弄翻了，灑了一身……

落了個滿身狼狽。

而她好不容易才從桌子下爬起來，坐穩了椅子，往那屏風前一看，那屏風前的人還是跟畫一樣，不動如山，不知道是聾了、傻了還是死了……都沒有讓外面的侍從來收拾一下的意思。

正在房間一片死寂，死寂得幾乎能聽到炭盆燃燒的聲音的時候，外面忽然響起了兩聲「叩叩」的敲門聲。

像是一記驚雷，打破了屋內沉寂，屏風前的人動了，紀雲禾也動了。長意在忙著什麼，紀雲禾不知道，但紀雲禾開始收拾起自己這一身菜和飯，飯粒黏在衣服上，她情急之下一捏一個扁，全在她衣服上貼實了。

「我今日研究出了一味藥，或許有助於提升……」空明和尚拎著藥箱走了進來，他本沉浸在自己的話中，可話音一頓，又起：「你怎麼了？眼睛顏色都變……哎……你去哪？」

屏風外的人消失了，空明和尚一臉不解地拎著藥箱，繞過屏風走到後面來，看見紀雲禾，他腳步又是一頓。

「妳又是怎麼了？」

紀雲禾一聲清咳，難得地，在人生當中有這麼一個讓巧舌如簧的她都難以啟齒的時刻……

「我……摔了一跤……」

空明和尚瞇著眼，斜眼看著紀雲禾道：「飯菜也能摔身上？」

「嗯……摔得有點狠……」

紀雲禾拍拍衣服，把袖子捲起來，更是難得地主動配合空明和尚。

「你來把脈吧，說說你剛提到的藥，其他的就別問了……」

空明和尚：「……」

*

這個詭異的事件只發生在一瞬間，紀雲禾卻愣是彆扭了許久。

其實，雖然紀雲禾調侃長意沒有被女人勾引過，但事實上，紀雲禾也沒有勾引過男人呀！這第一次下手，就遭遇這般極端事態，實在是有點出乎意料，對應不來。

但尷尬完了，紀雲禾自己想想這事兒，也覺得好笑。可笑完了，她又悟出了一絲絲不對勁的味道。

長意是什麼樣的人，即使他因為被背叛過所以心性改變，變得強硬、蠻橫，但他也不應該變成一個負心薄情的浪子啊。

因為，如果他真的放浪形骸，也不用花這六年的時間這般謀劃，將她從國師府救出，帶回來折磨。

他折磨她，囚禁她，不就是因為對過去耿耿於懷，心中還看不開、放不下嗎……

他一直都是一個固執的人，而這樣一個固執的鮫人，會突然放棄他們鮫人一族世代遵守的規矩……放肆大膽地親吻一個沒有與他許下終生的人嗎？

只是為了報復？抑或是為了讓她難堪？

紀雲禾覺得，這個鮫人，一定也有什麼事情是瞞著她的。

她並不打算在這件事情上多做糾結。在又一個飯點，固執的鮫人固執地恪守著他自己的「規矩」，又來押著紀雲禾吃飯了。

紀雲禾拿著筷子，壓住了自己的尷尬，也無視桌子對面那人的尷尬，開門見山，大刀闊斧砍向長意。

「昨日，你為何要吻我？」

桌子對面的人，一張臉都在文書背後，聽聞此言，以文書將那臉繼續遮了一會兒，不過片刻便放了下來。

長意一張冷臉，一如往常。

「妳不是想試試嗎？」

「誰想試這個了！」紀雲禾一時沒壓住自己的臉紅，剛想拍桌而起，又及時克制住情緒。她深吸一口氣，用理智壓住內心所有躁動與尷尬，沉聲道：「長意，你知道我在說什麼。」

「挑釁我的，是妳。」長意將文書丟在桌上，好整以暇地看著紀雲禾。「而今質問我的，也是妳。我不知道妳要說什麼。」

「好，那我完整地問一遍。」紀雲禾緊緊盯著他的眼睛，不錯過他臉上任何一絲情緒。「你們鮫人的規矩，一生只許一人。昨日，你為何要吻我？」

燭火之間，四目相接，聊的是男女之事，卻全然沒有半分纏綿意。

「我恪守我族規矩，並未破壞。」

半晌後，長意如是說道。

而這一句話，卻讓紀雲禾又愣神了許久。

她其實在問之前，心裡約莫就想到了是怎麼回事，但當聽見長意親口說出，她心底依舊震撼。

「你……什麼時候……」

長意道：「這並非妳我第一次肌膚相親。」

聞言，紀雲禾腦中陡然閃過了一個畫面，是那日她從這湖心小院逃出，到了那冰面上，她惹惱了長意，長意咬了她耳朵，皮破血流，留下了一個藍色印記……

紀雲禾摸了摸自己耳朵上的印記。她望著長意道：「你瘋了。」

「只是為了困住妳而已。」長意道：「我族印記，可讓我念之則見之。妳所在之地、所處境況，我想知道，便能知道。」

難怪……難怪……

在那之後，紀雲禾幾次試圖自盡，剛掀了被子他就來了。原來如此！

「我不是你的皮影人。」

「妳不是。」他盯著紀雲禾，未眨一下眼睛。「妳是籠中獸。」

紀雲禾倏爾一聲笑，三分無奈，七分蒼涼。

「長意，你這是想用你的一生來囚禁我。」

長意沉默許久，半晌後才站起身來。

「吃完了讓人來收拾。」他轉身往屏風前走去。

「站住。」紀雲禾聲色十分嚴肅地喚住他。

長意轉頭，準備迎接紀雲禾的再一次「挑戰」，但兩人相視許久，紀雲禾卻問道：

「你們鮫人……能續弦嗎？」

黑袍袖中的手緊握成拳。

長意一張臉比剛才更黯淡了幾分，他未做解答，繞過屏風，手一揮，給了紀雲禾一個禁制。

「哎！你回答我啊！」

但任憑紀雲禾站在禁制後面怎麼叫喊，長意也沒再理她。

叫了一會兒，紀雲禾累了，往床榻上一坐，開始琢磨起來，好在她是個命短的，要是長意還能續弦，那這便也算不得什麼大事，怕就怕他們這鮫人一族腦子不靈光，定了個不能續弦的規定，鮫人一族壽命又長，那不就活活守到死嗎……

應該不至於是這般傻頭愣腦的一個族群吧……

紀雲禾躺在床榻上憂心著，卻也沒想多久，便又迷迷糊糊睡了過去。

近來，她時常覺得睏倦，空明和尚說她是身體不好，精神不濟，長意便沒有在意。紀雲禾其實本來也是這麼以為的，但自從她夢中第三次出現那個白衣白裳的女人後，紀雲禾才發現，事情有些不對勁。

今夜，是第四次了……

而這次，似乎又有些不同。

紀雲禾感覺到腳底有風托著她，往那女子身邊靠去，但那女子卻總是以白色的雲彩將其面容遮住，讓紀雲禾看不清楚。

「是妳前些日子攔我登天之路。」紀雲禾被風托到女子跟前。她問：「妳為什麼總是出現在我夢裡？」

「我想請妳幫我一個忙。」女子的聲音猶似從風中來。

「我不知道妳是誰，為何要幫妳的忙？」

「我是……」她的話語被大風遮掩。「幫我……青羽……鸞鳥……」

紀雲禾豎著耳朵，努力想要聽清楚她在說什麼，但風聲蓋過了她的聲音，讓紀雲禾除了那幾個零星的詞語，就聽不清其他語句了。

恍惚間，腳底雲彩陡然消失，紀雲禾再次從空中墜落。她倏爾清醒過來，身邊給她蓋被子的侍女嚇了一跳。

紀雲禾往旁邊一看，這才看見屋內有三個侍女，一個在幫她蓋被子，一個在收拾餐盤，一個將先前開著透風的窗戶給關上了。紀雲禾隱約記得，她燒炭自盡的那日，清醒過來的時候，也是長意將窗戶打開了透風，那日的風還有點大……

她記下此事，但並未張揚。

「我不睡了，不用給我蓋被子。」

紀雲禾如此說著，卻忽然聽到屏風外一陣吵鬧，一個十分耳熟的女聲叫著——「啊啊，我都聽見了，她說她不睡了，她起來了，你讓空明大禿子給她治病，為什麼就信不過我找的大夫，我找的大夫也能給她治！」

長意低叱一聲：「休得吵鬧。」

「唔……」那女子立即嗚咽了一聲，似是害怕極了，閉上了嘴。

紀雲禾一轉頭，在那燭火投影的屏風裡，看到了三個人影——一個坐著的長意，還有另外兩個女子的身影。

紀雲禾要下床，侍女連忙攔她：「姑娘……」紀雲禾拍拍侍女的手，走到屏風邊。因為有侍女來了，所以長意將禁制暫時撤掉了。紀雲禾靠著屏風，看著外面面對長意有些害怕又有些惱怒的洛錦桑，笑了出來。

「錦桑，好久不見。」

坐在書桌後的長意瞥了紀雲禾一眼，卻也沒有喝斥她，竟是默許了她與洛錦桑相見。

洛錦桑一轉頭，一雙杏眼登時紅透了，眼淚珠子「啪噠啪噠」開始往地上掉。

「雲禾……雲，雲禾……」她往前走了兩步，又捂著嘴停住。「妳怎麼……怎麼都瘦成這樣了……」

看她哭了，紀雲禾心頭也添了幾分感傷，但她還是笑道：「瘦點穿衣服好看。」

長意將手中文書拿起，道：「要敘舊，後面去。」

聽這言語，是不阻攔紀雲禾接觸洛錦桑了。洛錦桑立即兩步上前，張開雙臂，抱住了紀雲禾。但抱住之後，她手在紀雲禾背上摸了摸，隨即越發難受地嚎啕大哭起來。

「妳怎麼瘦成這樣了，妳怎麼都瘦成這樣了……」

她反反覆覆地就說這兩句話，想來是傷心得一時想不出別的言語了。

紀雲禾只得拍拍她的背，安慰她：「都過了這麼多年，多大的人了，怎麼還跟小孩子一樣。」

洛錦桑不管不顧地哭著，適時，旁邊走來一個青衣女子，她揉了揉耳朵，吐出一聲柔媚的嘆息，道：「可不是嘛，吵死人了。」

紀雲禾看著這青衣女子，倏爾一愣。

「青……羽鸞鳥。」

青姬看向紀雲禾，笑道：「對，可不就是我這隻鳥嗎？」

紀雲禾有些愣神，她夢中才出現過的名字……竟然下一瞬，就變成了人出現在她的面前了。這……怕不是什麼巧合。

*

紀雲禾讓兩人在小茶桌邊坐下。

洛錦桑的言語則如同傾盆大雨倒進了滿缸裡，溢得到處都是。

她拉著紀雲禾的手，如老母親般心疼了一番，好不容易被紀雲禾安撫，她又開始倒起了苦水，拽著紀雲禾哭訴，自己這一路走來要見紀雲禾一面，有多不容易。

「自從知道妳被關在這裡，我就想來見妳……」洛錦桑往屏風處瞅了一眼，壓低了聲音。「我花了好多錢買通人，還硬著頭皮闖過，但都沒有成功。後來空明大禿驢又和我說，讓我不要費盡心機去找妳，他說妳快死了，我氣得不行，將他打了一頓，又跑去求她……」

洛錦桑沒好氣地指著還在打量蠟燭的青姬道：「她也沒用得很！還什麼青羽鸞鳥呢！哼！一點不管用！」

青姬好笑地扭頭看她道：「妳這小丫頭，還敢埋怨我了。」她眉宇間與雪三月有些相似，恍惚間，讓紀雲禾以為，是她們三人在這湖心小院陰錯陽差地重逢了，但再看仔細一些，她眼眸之間的媚態卻是雪三月不曾有的。

青姬盯著洛錦桑道：「我前幾日不是也幫妳求了嗎，人家鮫人心肝寶貝地看著，不答應，我有什麼辦法。」

紀雲禾抽了抽嘴角：「心肝寶貝……」她的嘀咕埋沒在了洛錦桑的怒叱之中。

「妳打他呀！妳這身妖力都幹什麼去了！」洛錦桑怒道：「妳看這哪有心肝寶貝地看著，要是心肝寶貝，能瘦成這樣嗎！」洛錦桑拉著紀雲禾的手臂晃了晃。「妳看看這手！啊？再看看這臉！啊？還有這頭髮！誰家心肝寶貝能養成這樣？」

紀雲禾笑了笑，將洛錦桑拉住。

「我一個階下囚，在你們嘴裡，倒成了座上賓了。」

洛錦桑看著紀雲禾，嘴角動了動，好半天才開口問紀雲禾：「雲禾，我從來不相信妳會是個壞人。」

紀雲禾從來不為自己六年前做過的事感到後悔或者委屈，這是她想做的事，所以她願意承擔這個後果。她一直以來都以為自己看得極開，及至此時此刻，聽洛錦桑說出此言，紀雲禾倏然心頭一動。

但她掃了一眼屏風，又垂下眼眸，到最後，也只是望著洛錦桑露出一個微笑，並不對她的話做任何回應。

「光聊我有什麼意思，我這六年牢底坐穿，一眼看透，妳呢，這六年都在做什麼？吃了多少苦，又學會了多少本事？」

「我……」洛錦桑瞥了一眼屏風之外。「這是一段說來話長的事……」

適時，屋中的侍女將房間清掃乾淨了，盡數退了出去，屏風外的人倏爾也開口道：「好了，時間不早了，妳們該走了。」

長意下了逐客令。

「哎，等等，青姬妳來都來了，快給我家雲禾看看。」洛錦桑道：「妳雖然不是大夫，但好歹活了這麼多年，萬一有法子呢？」

此言一出，長意果然沉默。

青姬撇撇嘴道：「那就看看唄。」她握住紀雲禾的手腕，隨即眉梢一挑。

洛錦桑緊張地看著青姬道：「怎麼樣？」

「妳的空明和尚說她還能活多久？」

「月餘。」

青姬故作嚴肅地點點頭道：「依我看啊，就一個法子能救。」

三雙眼睛齊刷刷地落在青姬身上，青姬站起身來，左右看看，目光落在洛錦桑身上，隨即電光火石間，青姬從洛錦桑腰間將她的匕首拔出，直指紀雲禾咽喉。

洛錦桑連聲驚呼：「喂！做什麼？」

長意也立即行至紀雲禾身側。

「她這身體，死了最是解脫。」

洛錦桑氣得大叫：「我讓妳來治人，妳怎麼回事！」

「出去。」長意也叱道。

唯有紀雲禾事不關己地坐在椅子上，笑彎了眼睛，連連點頭道：「正合我意，正合我意。」

洛錦桑更氣了。「雲禾妳說什麼呢！好歹還有一個月啊！」

長意又惡狠狠地瞪向洛錦桑道：「都出去！」

一聲喝斥，兩個人都被攆了出去。

紀雲禾在椅子上獨自竊喜，將臉都笑得有些泛紅。

「洛錦桑這丫頭，哪兒有她哪兒就有歡樂。竟然和青羽鸞鳥都成了朋友……」

長意攆走了兩人，臉色又臭又硬，轉頭看見笑咪咪的紀雲禾，臉色方微微緩了些許。

紀雲禾望向長意道：「長意，你以後就允許她們來看我好不好？」

聽聞紀雲禾提請求，長意眼瞳神色又稍冷了下來。他默了片刻，隨即一言不發，轉身離去。

紀雲禾以為他沒同意，他向來是對她的要求視若無睹的，紀雲禾習慣了，便也沒有放在心上，本來，她也就是隨口提提而已。

但紀雲禾沒想到，快到第二天早上，朝陽未升，外面寒露尚存時，樓下便傳來了窸窸窣窣的腳步聲。腳步輕快，踢踢踏踏，將人心神都喚得有了精神。

那房門「吱呀」一聲被人推開，卻沒有人走進來。沒過片刻，那門又自己小心翼翼地關上了。

一個人的腳步輕輕地踩在地上，但還是在閣樓的地板上踩出了吱吱吱的聲音。

適時，長意剛走不久，說是去外面處理事務，紀雲禾倚在床上正準備睡覺，忽覺身邊光影一暗，隱身的洛錦桑慢慢顯出了身形。

紀雲禾仰頭看她，洛錦桑笑嘻嘻地湊到她床邊，又熱情地抱了紀雲禾一下，道：「雲禾，意不意外，我又來看妳了。」

紀雲禾微微一挑眉。「沒人攔妳？」

「沒人攔我呀。」洛錦桑笑道：「誰看得到我！」

「那妳之前隱身，為什麼沒能成功進來？」

「對喔。」洛錦桑覺得奇怪地撓了撓頭。「之前都會被湖心島外的禁制擋住，今天禁制沒了呀。」

紀雲禾笑笑，並未將湧上心口的暖意宣之於口。

「妳這大清早的來擾我睡覺，是要做什麼？」

洛錦桑拎了個包袱來，說：「妳看，當初妳離開馭妖谷的時候，讓我帶走的老茶具，我一直都幫妳留著。」

紀雲禾低頭一看，再見舊物，過去的記憶一時湧上心頭，雖然是沒什麼好留戀的事，但突然想起，倒還有幾分悵然。

她收下茶具，輕輕撫摸。

「錦桑，謝謝妳。」

洛錦桑撓了撓頭說：「茶具而已，不用謝，就是要保住它們太不容易了。」

紀雲禾聞言，有些好笑地看著她道：「一些不值錢的茶具而已，還有誰想要故意砸了它們嗎？」

「對呀！」洛錦桑氣憤道：「空明和尚那個大禿驢可壞了！六年前妳不是離開了嗎，然後我帶著妳這個茶具，像之前一樣到處尋找大禿驢的行蹤，但那次真是找了好久，我找到他之後，他不僅帶著我交給他保護的瞿曉星，還救了鮫人。」

思及那夜明月之下，於懸崖邊的那一劍，紀雲禾心頭一動。

「大禿驢說是他從河裡把鮫人撈起來的，那時候鮫人都快死了，全然沒有求生的欲望，只在隻言片語當中透露出是被……」洛錦桑頓了頓。

「是被妳所害……我當然不信，但大禿驢卻很相信他，待得鮫人傷稍好之後，大禿驢從他那兒得知了前因後果，氣得要將妳的這些茶具砸了，說我帶著它們就是幫惡人做事。這一套茶具好端端的，它們做錯什麼了，就得砸了？還有，妳怎麼可能是惡人！」

紀雲禾笑了出來，一邊摸著杯子一邊道：「是啊，砸一套茶具能解什麼氣，要我是空明和尚，現在就該將我殺掉。」

「妳又胡說！」洛錦桑叱了紀雲禾一句。「我當時幫妳解釋了。我離開馭妖谷前，妳不是告訴我，讓我將茶具帶走，在外面等妳，然後林昊青會把谷主之位讓給妳嗎？到時候，妳就會用谷主的身分放鮫人走。」

紀雲禾想了好半天，哦，原來她是這樣說的。

「但是大禿驢嘲諷我，說這個說法很奇怪，怎麼說都說不通，他說妳連我都騙，說妳壞。」

紀雲禾摸著茶杯道：「妳呢？妳怎麼說的？」

「我罵了他一通，然後走了。」

紀雲禾笑得直搖頭。「妳罵了他一通，還能去哪兒？」

「去找雪三月呀！」洛錦桑想起當年的事，依舊覺得情緒激動。「當時我知道妳因押解鮫人不利而被朝廷抓了，關在國師府裡，急得我上竄下跳，正巧大禿驢惹我生氣，我索性揹上東西，自己出發了。」她拍了拍紀雲禾手裡的茶具。「未免大禿驢趁我不在砸妳東西，我把它們都交給瞿曉星了，讓他好好藏著，潛伏在北境，等我回來。你看，他也未辱使命。」

「瞿曉星也在馭妖台吧？」

「嗯，在的，六年前他一直跟著空明和尚，現在在馭妖台也有個一官半職了。他也可想見妳了，就是這鮫人，昨天讓我上湖心島了，但都不讓他上島，我看哪，就是覺得瞿曉星是男兒身，不待見他呢。」

「瞿曉星才多大，不過是個小少年。」

「六年了，小少年都長大了。」

紀雲禾笑著搖頭道：「後來呢？妳找到雪三月了嗎？」

「她之前被青羽鸞鳥帶走，後來我聽說，青羽鸞鳥在比北境更北的地方出現過，於是我一路北上，到了極北之處，但北方太大了，我在雪原迷了路，真是絕望到了極點。可……」

言及此處，洛錦桑微微紅了臉頰，她有些不自然地清咳一聲，轉過腦袋。

「大概是那什麼天意吧，大禿驢也出現在雪原，他救了我。」

紀雲禾了然一笑。「哦，茫茫雪原，孤男寡女，患難與共？」

「對，然後我一不小心就睡了他。」

紀雲禾手一抖，被託付了六年的茶具，其中一個杯子霎時滾在地上，瓷片破裂，宛如驚雷。紀雲禾張著嘴，似被雷劈啞了，一個字都吐不出來。

洛錦桑反而心疼得蹲了下去喊道：「呀呀呀！杯子杯子杯子呀！」

紀雲禾把其他杯子往床榻裡一塞，將洛錦桑拉了起來說：「妳怎麼了他？」

洛錦桑沉默了一會兒，誠實道：「睡了他。」

「那妳現在和他……」

「就和以前一樣呢。」

「啊？」紀雲禾瞬間覺得自己不能就這麼死了，她應該把空明和尚這個人渣押過來，問問他該不該先死一死……

「哎呀，茫茫雪原天寒地凍的，我借他陽氣暖暖身子，不算什麼過錯吧……」

是……要這樣一說……倒還是洛錦桑占便宜了……

第十六章 鮫珠

「那他對妳，便與之前沒什麼不同？」紀雲禾打量著洛錦桑的神色。

洛錦桑想了半天後說：「說沒有吧，好像又有點不同，但說有吧，又好像沒有那麼實實在在的有……反正他這人陰陽怪氣的，我體會不出來。回頭妳幫我一起看看唄。」

「好。」紀雲禾應承了，但沉默了會兒又道：「就是……拖不得，也幫妳看不了幾次，之後，妳還是得自己為自己打算。」

言及此處，洛錦桑也沉默下來。她還來不及安慰紀雲禾，紀雲禾卻又笑著將話題帶了過去，道：「之後呢？你們離開雪原後，找到雪三月和青羽鸞鳥了嗎？」

「找到了。但我們找到青姬的時候，三月姊已經沒和她在一起了。青姬說，她從馭妖谷救出三月姊之後，沒多久，三月姊就走了。」

紀雲禾一愣。「她去哪兒了？」

「當時離殊不是那什麼嗎……」

紀雲禾記得，當時離殊為救出青羽鸞鳥，血祭十方陣，離殊身死，雪三月方知曉，自己不過是離殊心中一個關於故人的念想。

「青姬和我說，當初她救走三月姊之後，三月姊消頽了一陣，後來還與青姬打了一架，打完了，便說自己不想再將過去放在心上，要離開大成國，獨自遠走，青姬見她一身根骨，便指點她去海外仙島遊歷了……」

紀雲禾皺眉。「青姬把雪三月支到海外仙島去了？」

「這怎麼能叫支呢。青姬說沒有這四方馭妖地之前啊，許多大馭妖師和大妖怪，都是從海外仙島遊歷回來，方頓悟得大成的。」

紀雲禾點頭道：「我在馭妖谷看到的書上，倒也記錄過些許海外仙島上的靈珍異草，對身中靈力大有裨益，只是最終都歸類於傳說志怪，沒想到，還能有活人現身作證……」

「對呀，我都想去了。三月姊是不知道妳遭了難，才能安心離開，但我不行，我一門心思想救妳，所以才留下的。」

「就妳最關心我了。」紀雲禾戳了一下洛錦桑的額頭。「但瞎關心，最後把我帶到這兒來的，不還是那鮫人嗎。」

洛錦桑聞言，不開心了。

「鮫人能救出妳！那也是我的功勞！」

「哦？」

「青姬是看在與我的情誼上，才答應幫鮫人的！」眼看自己功勞被人搶了，洛錦桑急切地道：「我當時不是在雪原上遇見空明大禿驢嗎，我後來才知道，大禿驢並不是去雪原上找我，他是去找青羽鸞鳥的。我在雪原迷路的那段時間，那個鮫人呀，在大禿驢的幫助下，把北方的那個馭妖台攻下來了！」

紀雲禾聞言，想起了自己在國師府的囚牢裡聽到這消息時的場景。

她點點頭道：「我也聽聞過。」

「鮫人把馭妖台的馭妖師統統趕了出去，把馭妖台建成了現在這北境的統帥之地，然後他和空明和尚就開始謀劃，想要招攬天下不平之士，顛倒國師府一方獨大的局面。大禿驢一直有這樣的想法，我是知道的，只是之前一直沒有找到一個擁有強大力量的馭妖師或者妖怪，又那麼剛好強烈地與他擁有同樣的目的，所以事情一直擱著，但有了鮫人之後，他們就開始謀劃了……」

紀雲禾聽到此處，張了張嘴，本欲打斷，詢問些什麼，最終還是沉默下來。

「鮫人那時在北境坐鎮，大禿驢就北上雪原，試圖拉青羽鸞鳥入夥。」

「嗯。」紀雲禾點頭。「這確實是個不錯的選擇。」

那時長意與空明羽翼未豐，雖憑自己之力奪下馭妖台，但未必能坐穩位置，若有百年前天下聞名的大妖怪相助，他們的實力或者名氣必定大漲。對這天下有所不滿，卻還心有顧忌的人，得知他們有青羽鸞鳥相助，必定放下不少考量，投奔而來。

「是呀，他們想得可不是很美嗎。但是！」洛錦桑勾唇一笑。「青姬不同意呀。」

「為什麼？」

紀雲禾思及十方陣中，那因青羽鸞鳥的感情而生的附妖。如此濃烈厚重的感情，她應當恨極了馭妖師。

若按照大國師那般想，青羽鸞鳥怕是要讓這天下的馭妖師來給她過去的歲月陪葬才是。但有這麼一個水到渠成的機會送上門，青羽鸞鳥竟然沒有答應。

洛錦桑悄悄道：「青姬以前好像喜歡過一個人，但她出十方陣之後，卻得知那個人已經死了。」

「所以……」

「青姬覺得這世界無趣，便不打算摻和這人世紛爭，打算就在那雪原深處避世而居。」

紀雲禾挑眉，心想這青羽鸞鳥看起來五官生媚，是紅塵俗世相，沒想到內心裡竟然也藏著幾分出世寡淡。

那十方陣中，留下的是青羽鸞鳥百年的不甘與愛戀，所以那附妖那般瘋狂、痴迷，但青羽鸞鳥卻並未那般執著。

「或許這是最好的選擇……」

「哎，妳別急著感慨，我跟妳說，我還知道了一個驚天大祕密！」洛錦桑故作神祕。

紀雲禾有些好笑地道：「什麼祕密？」

「青姬喜歡的人，妳知道是誰吧？我告訴妳，是……」

「知道。」紀雲禾打斷了她。「無常聖者——寧若初。」

洛錦桑不解地道：「哎，妳怎麼……」洛錦桑像個孩子，有點不開心了，又挑釁道：「那妳知道寧若初和咱們現今天下馭妖師當中，誰有關係嗎？」

紀雲禾思索後道：「大國師？」

「哎！」洛錦桑不懂。「妳怎麼什麼都知道！」

紀雲禾笑著捏了捏洛錦桑的臉。

「妳傻呀，咱們這世上，能活那麼長歲數的人還有誰？」

「好吧，妳知道，寧若初是大國師的師兄嗎？」

紀雲禾一愣，這個……她還真不知道。

「他們師出同門？」紀雲禾詫異地道：「那師父是誰？當初的無常聖者和如今的大國師，這般重要的兩個人，為何從未有書籍記載他們過去的關係？」

「這我就不知道了。這事啊，是當初空明和尚為了說服青姬，說出來的。不過空明和尚也未曾料到青姬竟然喜歡寧若初，他只是以為，當年寧若初作為最主要的那個馭妖師，主導了封印青羽鸞鳥一事，所以青羽鸞鳥應該最恨他，而寧若初死了，青羽鸞鳥當然要找他世上僅有的一個有關係的人去報仇啦。但沒想到，青姬根本不關心這些。她當時說，寧若初是她和這世界的唯一連結，寧若初死了，她就沒有牽掛了。」

紀雲禾有些感慨，隨後又望著洛錦桑道：「那妳又有什麼本事，把她拽到這紅塵俗世中啊？」

「我能喝啊！」洛錦桑得意道：「青姬愛喝酒啊，和我一見如故！我倆見面就喝了兩個通宵！青姬就把我當朋友了。後來我和空明和尚走的時候，青姬答應我，為了這頓酒，願意來北境馭妖台幫我一個忙。」

「妳和空明和尚就走了？」

「走了。」洛錦桑點頭。「回去又路過雪原，嘿嘿……」

「……」紀雲禾揉了揉額頭，看洛錦桑這德行，也不知道該不該找空明和尚問罪了。她緩了下，繼續問道：「你們當初沒有帶走青姬，那……」

是了，紀雲禾想起來，在她被抓了之後，前五年的時間裡，朝廷的人也並沒有探到青羽鸞鳥的消息，可見那時候，青姬是當真與長意他們沒有聯繫的。

「那我也沒辦法嘛，雪三月走了，我又沒辦法綁著青姬去國師府救妳，靠我自己那更是沒戲了。我就只好和大禿驢回了北境，然後蹲在這邊，看著鮫人和大禿驢建立自己的勢力，收留流竄的妖怪還有叛逃的馭妖師，然後一切準備就緒之後，鮫人帶著我去找了青姬。青姬承了我一願……她幫我把大國師從國師府引到北境來了。」

紀雲禾問道：「青羽鸞鳥如此厲害，為何不直接讓她和長意一起去京師，這樣，說不得能鬧得朝廷好些日子不得安寧。」

「我是這樣說的啊，大禿驢也是這樣說的，但是鮫人不是。」

紀雲禾一愣。

「鮫人說，他要獨自一人帶妳走。」

一句話，彷彿帶紀雲禾回到了那一夜的血光與烈焰之中，她在瀕死之際看到了長意，他帶她離開了那狹窄陰暗的牢籠。

紀雲禾垂下眼眸。

如果說，把這一生鋪成一張白紙，每個情感的衝擊便是一個點的話，那到現在為止，恐怕從未有任何一個人，能在紀雲禾這張白紙上，潑下這麼多墨點吧。

紀雲禾苦笑……

「真是個專制的大尾巴魚。」

「可不是嗎！」洛錦桑還在紀雲禾耳邊嘰嘰喳喳抱怨著。「妳看看那鮫人，現在登上了北境尊主的位置，更是霸道蠻橫不講理了，他把妳關在這湖心小院多久了，都不讓我來見妳一面，是我用面子求來青姬幫忙耶！他可真是說翻臉就翻臉，半點情面都不留……」

而所有的聲音，此時都再難鑽進紀雲禾的耳朵裡。她看著那屏風，又垂頭看了一眼自己瘦骨嶙峋的手背，再次陷入了沉默當中。

京師，國師府。

房間內，窗紙、紗簾和床幃都是白色的，宛如是在舉辦喪禮。

順德公主的一身紅衣在這片縞素之中顯得尤為醒目，只是她的臉上也裹著白色的紗布，從下巴一直纏到額頭上，露出了嘴巴、鼻子和一隻眼睛。

她半醉半醒地倚在寬闊的床榻上，手裡握著一個青瓷壺。

「來人！」她的喉嚨宛如被撕碎了。「拿酒來！本宮還要喝！」

身著玄鐵黑甲的將軍踏著鐵履，走了進來。他走到順德公主面前，單膝跪下。

他的臉上也帶著厚厚的玄鐵面具，在露出眼睛的縫隙當中，隱約可以看到他臉上燒傷的痕跡，可怖至極。

「公主，您傷未好，不能再多飲了。」

「不能？本宮為何不能！」

「公主……」

「我什麼都可以做！我現在什麼都能做！我有師父！師父……」順德公主左右張望，未見大國師，那露出的一隻眼睛裡滿是倉皇。「朱凌，我師父呢？」

「國師為公主研製藥物去了。」

「藥？哈……哈哈……朱凌，來，我告訴你一個祕密。」順德公主湊到朱凌耳邊，帶著醉意嘶啞道：「我不是先皇的女兒。」

玄鐵面具後面的眼睛陡然睜大，朱凌震驚得愣住。

「我，是先皇后與攝政王之女。」

朱凌愕然。

「我很小的時候就知道了，所以，我從小謹小慎微，生怕行差踏錯，母后認為我是一個錯誤，攝政王幾次想殺我，我害怕……」她啞聲說著，在朱凌耳邊哭了出來。「我怕我……在深宮之中，就那麼死了……直到師父……師父看見了我。」

「他看見我了，所以我才成了真正的公主。他捧著我，我就是眾星拱月，我就是天之驕女，連我的弟弟，那正統的皇子，也必須將帝位與我平分。但是……他不是捧著我，他是捧著這張臉。」

她抓著自己臉上的繃帶，十分用力，以至於露出了縫隙，讓朱凌看到那紗布之下潰爛的皮肉。

「我用這張臉得到了全部，如果我失去了它，我就會失去全部。可我的臉毀了……」

她站在原處，忽然之間，像是爆發了一樣，狠狠將手中的酒瓶砸在地上。

「這天下負我，我就要負天下！有人傷我，我就要殺了她！那馭妖師紀雲禾！首當其衝！」

朱凌看著她，也緊緊握緊了拳頭道：「公主，我願承妳所願。」

「不，我要親手殺了她。」順德公主轉過頭來，露在紗布外的眼睛泛著血腥的紅光，盯著朱凌。「紀雲禾被煉成了妖怪，所以擁有了她本不該有的力量。朱凌，我要比她更強大的力量。」她走向朱凌。「你在牢中幫我擋住了烈焰，你和我一樣，被噬心烈焰焚燒。朱凌，我只相信你，我要你幫我。」

朱凌再次跪於地面，頷首行禮：「諾。」

翌日清晨，大國師端著一盒藥膏走入順德公主的房間，走到床榻邊，順德公主也睜開了眼睛。她透過紗布，看著多年以來一直未曾變過容顏的大國師。

「師父。」

「嗯。」

「新的藥膏，做好了？」

「嗯，這個藥膏約莫有些疼，但敷上月餘，必有奇效。」

「師父。」順德公主啞聲道：「藥膏太疼了，好像要把我的肉挖了，再貼一塊上去。」

而大國師的聲音並無任何波瀾：「能治好，那就挖了，再貼。」

順德公主沉默了片刻後道：「那師父，我想要個獎勵，獎勵我忍受了這麼多痛苦……只為達成你的願望。」

須臾後，大國師道：「妳要什麼？」

「你從未讓人看過的禁術祕笈。」

「好。」大國師道。「我給妳。」

順德公主聞言，嘴角僵硬地微微彎起。她看見大國師將她臉上的紗布一圈一圈摘下，她不再看大國師，垂下眼眸，看著自己醜陋的手背。

「謝師父。」

*

接下來的幾天，洛錦桑總是在朝陽初升的時候偷偷摸來湖心小院探望紀雲禾。

洛錦桑一開始以為是她的本事大，隔了幾天，她意識到，每次她過來的時候，長意都刻意避開，留出空間讓她們敘舊。洛錦桑方才承認，是長意默許了她的這種行為。

洛錦桑有些搞不懂，她問紀雲禾：「雲禾，妳說這個鮫人到底是什麼意思啊？他到底是希望妳好呢，還是不希望妳好呢？」

紀雲禾靠在床頭，笑咪咪地看著她道：「妳覺得呢？」

「這個鮫人，沒救出妳之前啊，我每次提到妳，他都黑著一張臉，可凶了，說得跟什麼血海深仇一樣。弄得我一度以為，他救出妳就是為了親手殺了妳。但現在看來，完全不是一回事嘛！」洛錦桑摸著下巴道：「我覺得啊，這前段時間，還是虐妳虐得有模有樣，但自妳尋死之後啊，好像事情就不簡單了。」

紀雲禾還是笑著看她。「怎麼就不簡單了？」

「他這哪裡像是關著一個犯人呀？簡直就是金屋藏嬌！尤其是妳身體不好，這關著妳明明就是護著妳，要是空明大禿驢願意這樣待我，那我心底肯定是欣喜的。」

紀雲禾笑著搖搖頭。不置可否。

此後兩天，洛錦桑得知長意默許了她，便得寸進尺地將青姬也拉了過來。

紀雲禾看著青羽鸞鳥與洛錦桑閒聊，恍惚間覺得，自己其實只是這世上最平凡的一個女子，嫁過了人，在閨房之中，每日與閨中姊妹閒聊。

只是她們的話題逃不開外面的亂世，還是時不時提醒著紀雲禾她的身分。

但紀雲禾是真的喜歡青姬，她的隨興與灑脫，是源於內心與外在的強大力量，只有在擁有主導自己生命的權力時，才會有這般自信。

她被所愛之人用十方陣封印百年，出陣之時，卻得知愛人已死。她沒有恨，也沒有怨，坦然接受，接受自己愛過，也接受自己的求不得。

洛錦桑每每提到寧若初，為青姬抱不平時，青姬卻擺擺手，只道自己看錯人，受過傷，過了也就過了。

紀雲禾很佩服青姬。

有了洛錦桑與青姬，紀雲禾的日子過得比之前舒坦了不少，但日子越過，她身體便是越懶，過了兩日，連床都不想下了。

有時候聽洛錦桑與青姬聊著聊著，她的神識便開始恍惚。紀雲禾甚至覺得，就算長意現在放她自由，讓她走，她怕是也走不了多遠了。

時日將近的感受越發明顯，她每日睡覺的時間也越來越長。

每次她一覺醒來，長意多半會守在她的床邊，不忙碌、不看書，只是看著她。

直到紀雲禾睜開眼，長意才挪開目光。

紀雲禾打趣長意：「你是不是怕我哪天就不睜眼了？」

長意唇角幾乎不受控制地一動，將旁邊的藥碗端起來，遞給紀雲禾說：「喝藥。」

紀雲禾聞著這一日苦過一日的藥，皺起了眉頭。

「日日喝夜夜喝，也沒見什麼好轉。長意，你要是對我還有點善意，便該幫我準備棺材了。」

長意端著藥，目光盯著紀雲禾，直到將紀雲禾也看得受不了。

她嘆了聲氣：「大尾巴魚，你脾氣真是倔。」她將碗接過來，仰頭喝了，卻沒有直接遞給他，而是在手中轉了轉，看了看碗底的殘渣。「你說，要是有一天，你這藥把我喝死了，可不就正好成全我了？」

紀雲禾本是笑著打趣一句，卻不想她一抬頭，看見的卻是長意未來得及收斂的神情——呆愣、失神，宛如被突然扼住心尖血脈一樣，被紀雲禾「打」得心尖顫痛。

紀雲禾不曾想過會在如今的長意臉上看到這副神情。

「我……說笑的。」紀雲禾扯了一下唇角。「你讓我活著，我才最是難過，你不會那麼輕易讓我死的。」

長意從紀雲禾手中將碗拿了過去。

他一言不發地站起身來，轉過身，銀色的長髮拂過紀雲禾指尖，那背影一時間沒有挺直，失了平日裡的堅毅。

紀雲禾有些不忍看，她低頭，連忙轉移話題：「今日我聽錦桑丫頭說，朝廷那邊，好像把林昊青召入京城了。」她問：「朝廷與北境的爭執這麼多年了，期間雖然與四方馭妖地有所合作，但還是第一次將林昊青召入京中，他們可是要謀劃什麼？」

通常，長意只會回答她，與妳無關。

但今日，長意似乎也想轉移話題，轉身走出屏風前，道：「想謀劃什麼都無所謂。朝廷與國師府，人心盡失，林昊青也幫不了他們。」

要走到屏風後時，長意才終於轉過頭，與紀雲禾目光相對。

紀雲禾銜他微笑道：「你先忙吧，我再睡會兒。」

言罷，紀雲禾躺下，蓋上被子，阻斷了長意的目光。

她在被窩裡閉上眼，心裡只有慶幸。

還好還好，還好她與長意，尚未有長情。

誰知道她此時有多想與君終老，只是她卻沒有時間，與君度朝與暮了……

紀雲禾閉眼睡著了，她感覺到自己似乎又開始作夢了。

窗戶微微開著，外面的風吹了進來，晃動她床邊的簾子，她在夢裡也感受到了這絲寒意，但卻沒從夢中走出，那白衣女子像是被這寒風拉扯著，終於到了她的身邊。

白衣女子伸出手來，紀雲禾不明所以，卻也鬼使神差地伸出手去。

紀雲禾清晰地知道自己是在夢中，也清晰地知道自己這般做似乎有點危險，但她還是如此做了。

她眼看著那女子將她的手掌握住。

「妳的時間不多了，我把眼睛借給妳。」

她的聲音從未如此清楚地出現在紀雲禾腦中。

白衣女子的手貼著紀雲禾的手掌一轉，與紀雲禾十指緊扣。

「怦」的一聲，好似心跳之聲撞出了胸膛，蕩出幾里之外，紀雲禾突然渾身一顫，雙眼倏爾猛地睜開。面前的白衣女子轉眼消失，一片白光自紀雲禾眼前閃現，宛如直視了太陽，短時間內，她什麼也看不見。

待得白光稍弱，即將退去之時，紀雲禾遠遠看見白光深處倏然出現了一個少年與一個女子。那少年，紀雲禾只看到一個剪影，她不認識，但女子她卻是識得的——那不就是……紀雲禾在夢中見到的這個女子嗎。

他們面對面站著。

那少年亦是一身白裳，他仰頭望著女子，滿是崇拜與愛慕。

而這一幕，只短暫得好似幻影一般，轉瞬即逝，待紀雲禾一眨眼，面前又只剩下這一片慘白的光，連那白衣女子的身影都看不見了。

「這是什麼？」

「是我緬懷的過去。」女子的聲音出現在紀雲禾腦海中。白衣女子沒有出現，但紀雲禾知道，這是她的聲音。她說：「妳現在看到的，便是我曾經看過的。此後，我的眼睛，便是妳的眼睛。」

紀雲禾一愣。

「把眼睛借給我？為什麼？妳到底是誰……」

「告訴青姬。」女子並不回答她，只自顧自地說道：「是大國師殺了寧若初。」

隨著她的話音一落，紀雲禾眼前再次出現一個畫面。

是……大國師……

不過卻是年輕的大國師。

年輕的大國師站在另外一個青年面前，與他一邊說著話，一邊在紙上比畫，而那紙上畫的，儼然是馭妖谷的十方陣陣法。

不用猜，紀雲禾看到的，是當年的大國師與寧若初！

大國師在給寧若初出謀劃策。

十方陣，是大國師告訴寧若初的？

寧若初似乎在質疑些什麼，但大國師卻將紙一收，轉身離去，寧若初便又立即追了上去，將畫著十方陣陣法圖的紙拿了回來。

紀雲禾睜大雙眼，有些困惑。

「他們……不是師兄弟嗎？為什麼？而且寧若初不是因為成十方陣而身亡的嗎……」

「他騙了他。」女子道：「他告訴寧若初，成十方陣只需要十個大馭妖師的力量。他告訴寧若初，十方陣不會殺掉青羽鸞鳥，也不會讓寧若初死去，他與寧若初說，成十方陣後，寧若初可以進入十方陣。」

紀雲禾一愣，看著當年的師兄弟二人，倏爾想到之前十方陣中，青羽鸞鳥做的那個小院，院中潭水裡的附妖鸞鳥，是青姬這百年的不甘與愛戀。

紀雲禾與長意當年能從十方陣的殘餘力量中出去，是因為紀雲禾打扮成了寧若初的模樣，附妖鸞鳥才且舞且行，消解殘念。

原來……當年的寧若初並沒有欺騙青姬？

他是真的認為，自己可以來十方陣中陪青姬的。

只是因為……他也被大國師欺騙了？

「告訴青姬，大國師殺了寧若初。告訴她，去復仇。」

紀雲禾陡然轉身，四處張望，卻怎麼也找不到那白衣女子的身影。

「妳又是誰？妳為何會知道？妳為何將此事告訴我？為何要成此事？」

「我要他死。」

「誰？大國師？妳想讓青姬殺了他？」

「這是我要贖的罪……」

她話音一落，紀雲禾還想繼續問下去，卻忽覺耳邊的風一停，額間傳來一陣刺痛，緊接著，面前白光退去，女子之聲消失，她在經歷短暫的黑暗之後，慢慢睜開了雙眼。

眼前，是空明和尚眉頭緊皺的臉。適時，他正將一根銀針從紀雲禾額間拔出。

「醒了。」他說著這兩個字，緊皺的眉頭微微鬆了一些。他站起身來，退到一邊，紀雲禾這才看見在空明身後站著的長意。

長意的面色，是紀雲禾鮮少見過的僵硬與蒼白。

他看著她，好似還沒反應過來似的。

直到紀雲禾坐起了身，長意方才目光微微一動，宛如一潭死水被一滴水打破平靜，蕩出千萬漣漪。

紀雲禾有些不明所以地道：「我不過睡了會兒，你們這是怎麼了？」

那方的空明和尚將銀針收入針袋子，冷笑一聲：「一會兒？妳躺了兩天了。」空明和尚斜睨了長意一眼。「這不知道的，還以為是我開的藥醫死了妳。」

紀雲禾聽到前面的話，十分意外。她在夢中，不過感覺時間過了須臾，卻竟然……昏睡了兩天……

緊接著聽到空明後面的話，紀雲禾又覺得好笑。

看長意這個表情，莫不是以為，她睡覺前與他開的玩笑話一語成讖了吧……

紀雲禾帶著幾分笑意看向長意，卻見長意衣袍一動，不等紀雲禾反應過來，兩步便邁到了紀雲禾床邊。紀雲禾愣愣地仰頭看他，一眨眼間，長意竟然捏住了紀雲禾的下巴，將她頭一抬。

在紀雲禾與空明都感到不解，不知道他要幹什麼的時候，長意的唇便又壓在了紀雲禾的唇瓣上！

又！

又來！

紀雲禾瞠目，雙眼驚得恨不得能鼓出來。

旁邊的空明和尚手上的針袋「啪噠」掉在了地上，且他還不自知。

待紀雲禾反應過來，她抬起雙手要將長意推開，但現在渾身的力氣還不比一隻雞大，長意單手將她手腕一拽，便徹底制住了她。

便在此時，長意胸膛間，有藍光閃爍。

似乎是意識到他要做什麼，空明和尚陡然從震驚之中回神，一聲叱罵：「你瘋了！」當即，他邁步上前，要將長意拉開，可未等他靠近長意，便倏爾被一陣巨大的力量彈開，力道之大，徑直將空明和尚彈在牆上。

而長意的唇瓣還是那麼輕柔，藍色的光華流轉，自他胸膛浮至喉間，最後渡入了紀雲禾口中。根本未給紀雲禾反應的機會，那藍色的珠子便消失在了紀雲禾的身體之中。

長意的唇在她唇上留戀了片刻，終於放開了她。

空明從地上爬起來，怒火中燒地道：「你這個混帳鮫人！是腦子不清楚了嗎！外面與國師府的弟子打成那般模樣，你卻把你的鮫珠給她續命？」

鮫珠？

馭妖師的靈力源於雙脈，而妖怪的妖力則源於他們的內丹。鮫人的內丹，便被稱為鮫珠。長意把自己的鮫珠給了紀雲禾，那便是用自己所有的妖力給紀雲禾續命，他自己……則會變成一點妖力也無的妖怪……

他……

「你當真瘋了。」紀雲禾抹了抹唇，亦是望著長意如此道：「我不要，拿回去。」

長意依舊捏著她的下巴，藍色的雙瞳猶如大海的漩渦，要將她吞噬。他道：

「我要給，妳就必須要。」

「我不要！」紀雲禾一聲怒叱，一把揮開長意的手，欲將腹中鮫珠吐出。

但下一瞬間，她便被長意捂住嘴，徑直按倒。

動作再次被禁制，長意冰藍色的眼瞳看似冰涼，但暗藏洶湧。

「我沒給妳選擇權。」

「你不給她選擇的權利，也不給我選擇的權利？還不給北境這麼多投靠而來的人選擇的權利？」空明和尚氣得指著長意的後背痛罵。「為了一個女人，耽誤時間便也罷了！鮫珠也給出去？到時候大國師若出其不意，領國師府弟子前來攻打，怎麼？你還指望這北境的風雪替你擋一擋？」

「順德重傷未癒，大國師不會前來。」

「那位喜怒無常、陰晴不定的脾氣遠勝於你！你又如何這般確定？」空明和尚又叱了兩句，但見長意並無放開紀雲禾的意思，連連說了三聲「好」。他道：「你作了北境尊主，我怕是也輔佐不了你！隨你！」

空明一腳踢開地上的針袋，拂袖而去。

紀雲禾但見唯一能幫她罵罵這個大尾巴魚的人都走了，心裡更是又急又氣，拚命掙扎，幾乎顧不得要弄傷自己。長意眉頭一皺，這才鬆手。

紀雲禾急急坐起，手在床榻上摸了一番，自然沒找到任何武器。她氣喘吁吁地緩了一陣情緒，按捺住動手的衝動，盯著長意道：「別的事倒罷了，鮫珠一事不能兒戲。拿回去。」

「兒戲？」長意看著紀雲禾，唇角倏爾自嘲一笑，末了，笑容又冷了下去，只冷聲道：「便當我是兒戲，與妳何干？妳如此想將鮫珠還我，莫不是與空明一樣，也替我操心這北境之事？」

紀雲禾唇角一緊，冷靜地道：「長意，北境不是你的事，是國事。」

「是你們的國事。」他抬手，指尖觸碰紀雲禾的臉頰。「你們把我拉到了這人間，我早已迷了來時路。」

紀雲禾目光一垂，順著他銀色的長髮，看到他那雙腿。他已經很習慣用這雙腿走路了，以至於讓紀雲禾都險些忘了他擁有那條巨大尾巴時的模樣。

她心頭一痛。

「當年，你該回去。」

長意冷笑：「回哪兒？」

「大海。」紀雲禾閉眼，不忍再看長意。「你不該執著那些仇恨，也不該陷於仇恨。」

長意默了很久，直到紀雲禾以為他不會再回答……

「我執著的、陷入的，從一開始就不是仇恨。」

紀雲禾聞言微微詫異。她抬眼，與長意四目相接。大海一樣的眼瞳與深淵一樣的目光相遇，他們在對方眼中看見了彼此。

長意沒開口，紀雲禾卻彷彿聽到了他藏匿的言語。

我執著的、陷入的，不是仇恨……

是妳。

紀雲禾心頭莫名一慟。她立即轉開了目光，突兀地想要逃離那片汪洋大海。

她選擇回到現實。

「你知道，即使是你的鮫珠，也不能真正幫我續命。」

長意這次是真的沉默了下來。

「長意，來投靠北境的人，將生命、未來、一腔信任託付於你……」紀雲禾頓了頓。「你知道被辜負的感受，所以……」

似是不想再聽下去了。長意站起了身來道：「沒有鮫珠，我也可安北境。」

長意離開了。留紀雲禾一人坐於床榻之上。紀雲禾捂住了臉，一聲長長的嘆息。

京城，公主府。

順德公主臉上的繃帶已經取下，她坐在竹簾後，面上還戴著一層面紗。朱凌一身重甲，守在順德公主身側。

朱凌手上捧著幾個嬌嫩的鮮果子。

冬日季節，能得如此鮮嫩的水果十分不易，順德公主拿了一顆，扔在地上，然後以赤腳踩上去，將那漿果踩得爆漿而出。

漿果的汁水濺出，落在竹簾外的人鞋背之上。

林昊青看了一眼自己的鞋背，躬身行禮道：「公主。」

「林谷主，怠慢了。」

順德公主又拿了一顆漿果丟到竹簾外。漿果滾到林昊青跟前，碰到他的鞋尖，停下了。

「這小果子，吃著與別的果子甚無不同，踩著卻甚是有趣。這外殼看似堅硬，但一腳踩下，便脆生生裂開了，裡面汁水爆出，感覺好不痛快，林谷主不如也試著玩玩？」

林昊青一腳將漿果踩碎，道：「公主詔令，千里迢迢喚臣前來京城，敢問有何要務？」

「便是讓你來踩果子的。」

林昊青不動聲色，靜候下言。

順德公主在簾後站了起來，將朱凌手上的果子盡數灑到地上，走一步踩一個，漿果碎裂之聲不絕於耳，直至所有果子都踩完了，順德公主這才停下，因為動作激烈，有些喘息。

「你如今作了六年的馭妖谷主，將馭妖谷打理得很是妥當，在馭妖師中，你的聲望也日益見長。」

「職責所在。」

「林谷主，管好馭妖谷，是你職責的一部分，為朝廷分憂，才是你真正該做的。」順德公主走回自己的位置坐下。「這些年，在與北境的戰爭當中，除了國師府的弟子們，你們這些馭妖之地啊，看似是在幫朝廷，實則如何，你心裡清楚。」

林昊青眉頭微皺，立即單膝跪下道：「公主……」

順德公主擺擺手。「罷了，今日你不用與我說那些虛言。我命你前來，也不是要聽這些。北境成朝廷心病已有多年，幾方馭妖地，未盡全力剿滅叛軍，本是過錯，我本欲將那寒霜之毒投入山川江河之中……」

竹簾後，面紗裡，順德公主唇帶笑意，眸色卻如蛇般惡毒。

林昊青袖中的手微微緊握成拳。

「寒霜之毒，你是知道的，於人無害，於妖無害，卻獨獨能殺雙脈者。」

林昊青抬頭，看向順德公主道：「公主，妳亦為雙脈者，國師府眾人也皆乃雙脈……」

「皇城、宮城、京師護城河，還護不住國師府與我嗎？但你們其他的馭妖師那般多，我不求殺盡，殺一個，是一個……」

林昊青眸色微冷。

「不急，這只是我本來的想法。我叫你前來，其實是想嘉獎你。你這些年做得很好，深受諸位馭妖師的信任，所以，我想讓你統領其餘三方馭妖之地，共伐北境。我可以承諾你，只要拿下北境，朝廷將不再囚禁馭妖師們的自由。當然，如果你不要獎，那我便只好如先前所言，罰你了。」

殿中，氣氛靜默，良久之後，林昊青道：「公主為何如今尋我來？」

「先前只想滅了北境的叛軍，而今，想在滅叛軍之前先抓一人，而你，是所有馭妖師中，最熟悉此人的。」

「公主要抓紀雲禾？」

「對。我想……把她眼珠挖出來，當漿果一般玩。」

林昊青沉默。

「怎麼樣，林谷主？」

林昊青垂下頭，看見滿地的漿果。漿果汁液未被擦乾，深紅色的汁液宛如一團團爛肉被丟在地上，難看且噁心。

「林昊青要率四方馭妖地的馭妖師攻打北境？」

紀雲禾從洛錦桑口中得知這個消息，先是震驚，而後困惑。

先前幾年，長意與眾人初來北境，朝廷未能一舉將其殲滅，其中多虧幾方馭妖地與朝廷「貌合神離」，這才給了北境壯大的機會。

林昊青也利用這段時間穩固自己的地位，讓四方馭妖地都信服於他。

紀雲禾如今說不上對林昊青有什麼樣的觀感，但從她得知的資訊來看，林昊青或許不是一個好人，但他是一個好的「掌舵人」。北方馭妖台被長意等人占領之後，原本馭妖台的馭妖師一部分投靠了北境，一部分南下，去了馭妖谷。

林昊青接納馭妖台的人，借朝廷與北方爭鬥的時機韜光養晦，聯合東方和西方的馭妖地，攜手共進，培養了不少好手，也積攢了不少實力。

紀雲禾本以為，按照這個勢頭發展下去，未來，或可成為朝廷、馭妖谷、北境的三足鼎立之勢。

但萬萬沒想到，林昊青竟然答應了朝廷伐北……

「有些蹊蹺……」紀雲禾呢喃出聲，洛錦桑聞言，看了紀雲禾一眼。

「什麼蹊蹺，我覺得，鮫人行事才是蹊蹺呢。」她道：「他竟然當真把鮫珠給妳了？妳的身體也真的好了？」

紀雲禾聞言，心裡更愁了。

長意沒有鮫珠，拿什麼去和馭妖師打？

一旁的青姬一邊喝茶，一邊吃著乾果，將洛錦桑的話頭接了過去：「要是妖怪的內丹能給人續命，以如今這世道的形勢，怕是妖怪早被馭妖師抓去，給王公貴族們當藥吃了吧。」

洛錦桑轉頭看青姬，問她：「那是何意？這鮫珠，並不能給雲禾續命？」

青姬把她的茶杯往桌上一推，杯中尚有半盞茶，她指著晃動的茶水道：「妳家雲禾的身體就像這杯茶，算來算去也就這點茶水了。我手上這顆乾果，就像是鮫珠。」青姬將乾果丟進半杯茶水裡，茶水立即滿了杯。「這樣，茶水看起來是多了，但其實並沒有任何區別。」

洛錦桑看看茶杯，又看看青姬，最後目光落在紀雲禾身上。她道：「那就是說，雲禾只是看起來精神好了，這鮫珠並沒有什麼實際的用處？」

「實際的用處就是看起來好了。」青姬將茶水連同乾果一起倒進嘴裡，吞了水，將乾果嚼了嚼，也吃掉了。「臨行前，也少受點苦累。」

「啊？」洛錦桑站了起來。她盯著紀雲禾道：「這事妳知道？」

紀雲禾點點頭道：「我與他說了……」她又是一聲嘆息，氣道：「這大尾巴魚長大了，不聽話！」

「那也就是說，鮫人也知道？」

青姬替長意答了：「他當然也知道。」

「那他瘋了嗎？還搞這一齣做什麼？現在馭妖師們來勢洶洶，他沒有鮫珠……」

青姬瞥了洛錦桑一眼。「妳怎今日才問這話？依我看，這鮫人早瘋了。」青姬又瞥了紀雲禾一眼。「不過也挺好，我如今便是想為人瘋一次，也找不到那人了。」

青姬此言，讓紀雲禾微微一愣，她倏爾想起了那夢中的白衣女子，還有那些關於當年寧若初的真相。

紀雲禾看著青姬，嘴唇微微動了動，對於要不要將沒有確定的夢中事告訴青姬，有些猶豫。

思索片刻，紀雲禾打算用別的方法先旁敲側擊一番：「說來，青姬，我聽說寧若初……與而今的大國師，曾乃師兄弟。」

青姬喝著茶，應了一聲：「嗯。」

「我很好奇，他們曾經的關係如何？」

青姬奇怪地問：「妳好奇這個做什麼？」

「大國師曾說，他要為天下辦喪，是以而今天下大亂的局勢，在我看來皆是他一手縱容出來的。我想知道為什麼。他為什麼這麼厭惡天下人？」紀雲禾故意道：「是因為寧若初的死嗎？」

青姬笑了：「當然不是。他們師兄弟感情雖好，但也沒好到那種地步。說來，關於這個大國師，我也是不明白，我在封印裡一待百年，一出來，他怎麼就變得這麼壞了。」

洛錦桑也起了好奇。關於大國師這傳說中的人物，這人世間，所有人都對他好奇。

「怎麼？」洛錦桑道：「他以前還是個好人？」

「至少是個正常人。」

青姬的話倒是將紀雲禾說迷糊了。

按照夢中人的說法，大國師設計了寧若初，害寧若初與青姬天人永隔，但從青姬的口中聽來，這個大國師，卻只像寧若初一個再普通不過的大師兄。

除非是……大國師騙了當年的寧若初和青姬。

那又是為什麼呢？

他為什麼要害寧若初和青姬，又為什麼在那之後「變壞」，壞到要為天下辦喪？他一直放在心裡的那個女子，又是誰？

「那怎麼現在變這樣了？」洛錦桑也奇怪，復而又想起了什麼，眼睛一亮，問道：「那寧若初那麼厲害，大國師也那麼厲害，他們師父到底是何方神聖啊？還在嗎？能讓我也去拜師學藝嗎？」

是，紀雲禾倒還忽略了，能同時教出這兩個徒弟，那師父勢必也不簡單。

「他們師父我沒見過，寧若初不常與他師父聯繫，一般是他師兄……喏，就是你們口中的大國師，他們師徒二人一同雲遊天下。後來，不知怎的，他師兄雲遊回來，那師父便再無消息了，再之後，我也就什麼都不知道了。」

師徒二人……雲遊天下……

紀雲禾倏爾腦中靈光一閃……

那些地牢中的遊記！

難道！

彷彿是要揭開一個天大的祕密，紀雲禾心臟倏然跳得有些快起來。

「那他們師父，是男是女？」

「是個女子。」

紀雲禾屏息道：「喜著白衣？」

青姬一挑眉。「妳如何知曉？」

紀雲禾深深吸了一口氣。

大國師深愛這麼多年，每每不肯忘懷的竟然是……

他的師父……

第十七章 站在你這邊

紀雲禾知道，百年前，馭妖師與妖怪尚且不是如今這模樣，沒有四方馭妖地囚禁馭妖師，所有有雙脈的孩子，但凡想走上馭妖師這條路的，便要尋個師父，學好這門「手藝」。而控制雙脈之力並非容易之事，尤其是要成為大馭妖師，則必須從小學起，拜了師父，那師者便如父亦如母。師徒之間規矩森嚴，教條眾多，即使是到了如今，四方馭妖之地建立，師徒關係依舊是不可踰越的制度，一如她和林滄瀾。若教人知道她助林昊青弒父，那也是天理不容的過錯。

而這大國師，在當年，竟然對自己的師父有了那般情愫，還綿延至今，如此深沉，這實在令紀雲禾難以置信。

她沉默著，未將夢中人的話直接說給青姬聽。

說到底，她依據的不過也是一場夢和一些自己的猜測推斷罷了，未證實的事，她還不能告訴青姬這個當事者。畢竟，依紀雲禾現在的觀察來看，青姬其實並沒有完全放下寧若初。

青姬內心的不甘與深情並不少，只是人已故去，她再計較，又能計較什麼？

但若她知道了當年是大國師策劃了這一切，那她必不會善罷甘休，甚至真的會如夢中女子所言，不顧一切前去與大國師一戰，當今世上能與大國師一戰的人，或許真的非青羽鸞鳥莫屬，但這百年來，未有人見大國師動真格，青羽鸞鳥的實力如何也很難確認，這兩人若動起手來，誰輸誰贏，難以預測……

紀雲禾如今，是萬不希望青姬出事。

且不說在勢力上有青羽鸞鳥坐鎮北境，能給北境之人帶來多大的慰藉，便說如今她與青羽鸞鳥的私交，她也不希望她出事。

紀雲禾抿唇，未再言語。

此後幾日，紀雲禾盼著自己能在夢中再見一次那白衣女子，希望能將這些事情都問清楚，但任憑紀雲禾睡前如何祈禱，都未再遇見她。

好似她身體越差，離死越近，便能越清楚地看見那女子。身體好些了，哪怕只是看起來好些，她也見不到她……

莫非這世上，還真有神鬼一說……

沒時間給紀雲禾思考這些問題，林昊青率領四方馭妖地的馭妖師，氣勢洶洶地向北境而來了。

長意的每一天更加繁忙，好幾日，紀雲禾都沒與長意說上話，但神奇的是，每天傍晚，當紀雲禾睜開眼睛的時候，總能看到長意坐在自己床邊。

直到她睜眼，長意才會離開。

又一日，紀雲禾醒來，卻沒急著睜眼，她感覺到自己的手腕被人輕輕握住，有涼涼的指尖搭在她的脈搏上，她轉動了一下眼珠，睜眼的瞬間，那指尖便撤開了。

這婉轉心思、隱忍的情緒，讓紀雲禾心頭一聲嘆息。

在那人離開之前，她手一轉，一把拉住了他的手腕。

紀雲禾睜開眼，看到長意銀色的髮絲滑過她的手背。

「長意。」紀雲禾仰頭，看著他的眼睛，那冰藍色的眼瞳中，漣漪微蕩。「林昊青，你打算如何應對？」

但聞紀雲禾開口問的是此事，長意眸中的漣漪驟停。

「怎麼？紀護法這是念著舊情，還打算為林昊青求情嗎？」空明和尚的聲音從長意身後傳來，紀雲禾側過頭，看見正在小茶桌邊整理針袋的空明和尚。

空明和尚拿著銀針走過來，揶揄道：「有這功夫，不如勸勸這鮫人將鮫珠拿回去。」

長意拂開紀雲禾的手道：「我心中有數，無須他人多言。」

長意轉身離開，坐到了那屏風前。

禁制又起，橫亙在他們之間，紀雲禾回頭，便被空明和尚在腦門上扎了一針，這一針扎得生疼，也不知是在治她，還是在撒氣。

紀雲禾倒也沒糾纏在這點小情緒中，只看著空明道：「林昊青受順德公主之令，攜四方馭妖地之人，來勢洶洶，你們萬不可與其硬碰硬，北境實力如何，多年交戰，順德公主心知肚明，她行此招的目的，或許並不是真的想讓林昊青滅北境，而是想讓你們互相消耗……」

空明和尚瞥了紀雲禾一眼，一邊給她扎針，一邊道：「哦？那依護法看來，我們當如何是好？」

「目的不是戰，而是不戰而屈人之兵。以陣法拖住他們的腳步，緩住勢頭，勸降林昊青。」

「也難怪鮫人喜歡妳。」空明瞥了紀雲禾一眼。「想的東西倒是一模一樣。」

紀雲禾一愣。

空明收了針袋道：「已經這般命令下去了。前日開始，眾人便忙著在前方布陣，約莫還有兩三日，馭妖師的大部隊到來，陣法剛好能成，困他們十天半月不是問題。」

紀雲禾垂眸，勾唇笑了笑道：「這樣很好。」

長意能有自己的打算與謀劃，非常好。

想來也是。這六年，將北境發展到如此地步，除了有空明和尚相助，長意自己必定也成長了不少。倒是她，太小瞧這鮫人的心計了。

「而今，唯一棘手的，是如何勸降林昊青。」空明和尚瞥了紀雲禾一眼。「依我所見，待馭妖師眾人踏入陣法之後，最好能由妳出面前去和談，妳是最為了解林昊青的人，只是鮫人不同意，我也不知道妳能不能活到那個時候。」

「我還有多久可活？」

「妳血脈力量盡數枯竭，五臟六腑也已是枯槁之態，我估算著也就這幾日了吧。」

紀雲禾沉默了片刻後道：「你告訴他了嗎？」

「沒必要瞞他。」

哦……原來如此，難怪在她清醒之前，長意會把著她的脈搏，是害怕她在夢中便不知不覺地去了嗎……

哪怕她身上還有他的印記，還有他的鮫珠，還被關在這方寸屋內……

這一夜，紀雲禾看著屏風前的燭火一直點到天亮，及至第二天晌午，那禁制才撤去，長意走到屏風後，見紀雲禾還醒著，皺了眉頭。

「妳該睡了。」長意道。

「以後睡的時間多著呢，讓我多睜眼看看吧。」窗戶微微開著縫，外面的日光透過縫隙，灑在長意身上，他的銀髮在冬日陽光下顯得那麼柔軟而乾淨。紀雲禾微微勾起唇角。

「看不了遠方的美景，多看看眼前的美人也好。」

長意一怔，微微瞇起了眼。

「紀雲禾。」他語氣不善，似對紀雲禾這般語氣十分不滿。

或許是因為她這樣的語氣，讓他想到了從前吧……

「唐突了，唐突了。」紀雲禾笑笑。「長意，你坐。」她順手拍了拍自己床榻的邊緣。

長意瞥了她的手一眼。他一般都是坐那兒的，但當紀雲禾主動讓他坐過去的時候，他卻一邁步，坐到了一旁的小茶桌邊。

真彆扭……

「長意，林昊青不日便要到北境了，你打算派何人前去和談？」

長意眸光一轉，掃了一眼紀雲禾凹陷的臉頰，又似被扎痛了一樣，轉開目光。

「不是妳。」

「得是我。」紀雲禾道：「我在馭妖谷中與他相鬥多年，但實則……另有隱情。他與我，亦敵亦友，或者也可以說……他和我之間，算是彼此在這世上最後的親人了。」

「哦？」一聲輕笑，夾雜著許多長意也未意想到的情緒脫口而出。「我竟不知，妳與林昊青是如此親密？」

紀雲禾對於長意的情緒何等敏銳，她與長意四目相接，道：「我……」

她解釋的話未出口，外面的門忽然被人一把推開，洛錦桑急匆匆地跑進來，還沒站穩便揚聲道：「鮫人、鮫人，林昊青他們在陣法之外停住腳步了！」

長意與紀雲禾皆是一愣。

這幾日，洛錦桑不在北境，被派出去探查消息了。她會隱身，能潛入許多其他人去不了的地方，打探最隱密的消息。

她在屏風前沒看到長意，屏風間沒設禁制，她便又飛快跑到屏風後。

「他們好似察覺了陣法，所有人都停在了陣法之外。他們現在不打算進攻了，像是想斷了北境與外面的聯繫！」

長意眉頭微蹙。

紀雲禾困惑地道：「斷了外面的聯繫？何意？」

「雲禾你對北境不了解。北境這個地方，是大成國最北邊的地方了，再往北去，便是一片荒山雪海，人跡罕至，別說普通人，便是一般的妖怪也極難生存。而今來北境的，都是從大成國逃來的人，林昊青如今阻斷了南北的路，不對我們動手，但將路上要來投靠我們的人統統抓了，也不讓各種物資運送過來……」

紀雲禾皺眉。「朝廷此前沒做到，他憑什麼？」

長意道：「朝廷有國師府，但國師府終究人少，所倚仗的不過是軍隊將士。就算封鎖再嚴酷，我北境有前來投靠的妖族，依舊可以避過他們，從空中、河流繞過兩側高山，送來物資。」

「這次還好我會隱身，不然都要回不來了，他們的馭妖師控制了好多大妖怪，天上飛的、河裡遊的、地上跑的都有，所有道路都被他們控制了。」

長意沉吟：「我攻馭妖台，諸多馭妖師未盡全力，而今情況怕是不同。」

紀雲禾也沉思道：「林昊青此舉，彷彿真是要舉四方馭妖地之力，與北境傾力一戰，但為何？」她不解。「北境與朝廷爭鬥越長，對他，對馭妖一族，不是越有利嗎？順德公主到底許了他什麼？他不會真的想滅了北境吧……」

洛錦桑在一旁聽得撓頭。「當初馭妖台的馭妖師為什麼不拚命保護馭妖台，非得拖家帶口全部牽到南邊去？還有……林昊青若不想滅了北境，他這麼浩浩蕩蕩地過來幹什麼？」

「遷去南方是為了合併馭妖一族的勢力。」紀雲禾道。「當年馭妖師被四分在四個馭妖地，囚禁自由，便是朝廷恐懼馭妖師之力，要限制馭妖師。北方馭妖台被北境反叛勢力傾覆，他們理所當然撤離北境，卻沒有走向更近的東方與西方馭妖地，反而直奔最南方的馭妖谷，因為馭妖谷實力最強。朝廷被北境分了心力，馭妖一脈韜光養晦，才有今日。他們今日必有圖謀。」

紀雲禾思索著。「林昊青……到底想要什麼？」

「他想要妳。」空明的話插了進來。

所有人目光一轉，空明將一封還帶著寒氣的信件扔到了長意面前的桌上。

洛錦桑看著空明道：「大禿驢，你這話又是什麼意思？」

「林昊青遣人來信，讓北境交出紀雲禾，得到人，他便立即撤退。信在此。」空明看著長意。「送信人也還在北境等你回覆。」

長意未展信，手中寒氣一起，將信件凍成了一塊冰。他再是一握，那信件登時粉碎。

「讓他滾。」

空明冷笑道：「我料也是如此。」

他轉身要走，紀雲禾倏爾道：「等一下。」

她這一聲剛將空明喚住，長意便緊接著又是一聲叱道：「不准等！」

紀雲禾看向長意，有些好笑又有些氣。

「我話都沒說完……」

「不用說了。我意已決。」

「你怎麼知道我要說什麼？」

「我知道。」

「你不知道。」

洛錦桑嘴角抽搐，看著兩人道：「你們成熟點。加起來都快一百歲的人了……」

紀雲禾難得賭氣地道：「他是妖怪，年紀都是長在他頭上的，這一百歲他得擔八成！我還小。」

長意拳頭緊握。

洛錦桑一臉嫌棄地看著紀雲禾道：「雲禾……妳現在表現得很幼稚。」

空明和尚在一旁瞥了洛錦桑一眼。「妳怎麼好意思說別人幼稚？」

洛錦桑克制地說：「我在勸架，你不要把戰火引到我身上喔，我警告你。」

「警告我？洛錦桑，妳又私自離開北境，我還沒找妳算帳……」

「算什麼帳，我待在北境你嫌我，我離開北境你也嫌我，你怎麼怎樣都嫌我？」

眼見他們兩人吵了起來，紀雲禾有些傻眼。

「夠了！」最後，到底還是長意擔起了成熟的擔子。他道：「要吵出去吵。」

紀雲禾揉了揉眉頭。「都夠了！不是說送信的人還在北境候著嗎！能不能聊聊正事！」

關於幼稚的爭論終於落下帷幕。

紀雲禾深深地嘆了口氣：「讓我和林昊青見一面。」

「不行。」

「我需要知道，他到底要做什麼。」

「不行。」

「為什麼？」

長意顯得很固執，他說：「妳還是我的階下囚。」

「那讓我見見帶信來北境的人。」

洛錦桑一愣：「這麼晚了……」

「現在不能耽誤時間。」

不管是她自己的時間，還是大局的時間……

長意沉吟片刻，終於對空明道：「帶她過來。」

在臥榻見使者終究不太像話，是以這半個月以來，紀雲禾第一次走到了那屏風之外。

長意坐在書桌後面，紀雲禾坐在左側，空明與洛錦桑都站在紀雲禾身後，像是監視，也是保護。

燭火搖曳，不過片刻，一個娉婷女子緩緩走來，到了屋中，先給長意行了個禮，隨後看了眼坐在左側的紀雲禾道：「護法。」女子柔柔喚了一聲。「久仰大名了。」

眼前的女子一身妖氣，想來是個被馭妖師馴服了的妖怪。而她模樣看著面生，紀雲禾從未在馭妖谷見過，但被林昊青派來作使者，想來林昊青是極信任她的。

「妳認識我？」紀雲禾問。

「谷主先前常與思語提及護法，還曾畫畫像給思語看過，思語自然識得護法。」

這話說得有點意思。

林昊青時常與她提起紀雲禾，還畫過紀雲禾的畫像？這不知道的聽此言語，還以為是林昊青對紀雲禾有什麼奇奇怪怪的思念。

站在紀雲禾身後的空明眼神一抬，若有似無地瞄了書桌後的長意一眼，但見長意嘴角下垂，眸中神色不明。

紀雲禾笑道：「我竟不知，我與谷主的關係竟然這麼好？」

「自然是好的，當年護法與谷主共患難、同謀劃，一起度過了大難關，他才能登上谷主的位置……」

紀雲禾一怔，眉頭皺了起來。她打量著面前的柔弱女妖。這女妖說的……難道是她與林昊青殺了林滄瀾，瞞過順德公主一事……但這種事，紀雲禾以為林昊青只會讓它爛在肚子裡，怎會與外人道？

或者……這並不是個外人？

「妳是林昊青的……？」

「奴婢是谷主妖僕，名喚思語。」

六年時間裡，林昊青還養了個自己的妖僕。

「尊主。」思語轉頭，對長意道：「我谷主並無意與北境為敵，只要尊主願將護法還給馭妖谷，馭妖一族的大軍自當退去。」

長意冷笑：「是還給馭妖谷，還是還給朝廷？」

思語待要開口，長意徑直截斷了她的話頭，繼續道：「都無所謂，沒有誰可以從這裡帶走她。」

屋中靜了片刻。

思語再次開口：「尊主，何必徒添傷亡，您是明白人，而今局勢沒有誰想動手。」

「是嗎？」長意冰涼的眼瞳盯著來者，即便沒有鮫珠，他天生的氣質依然讓站於他面前之人都顯低矮了幾分。「北境不是朝廷，亦不是你們四方馭妖地。來此處之人本就一無所有，只為搏一線生機。國師府讓他們活不下去，那便要滅了國師府，馭妖一族要摻和進來幫國師府，那便也是北境的敵人。你與我北境談顧慮？」

長意頓了頓，繼續道：「北境之人，一無所有，無所顧慮。要戰，便戰。沒有條件，無法妥協。交出紀雲禾不行，交出空明也不行，交出任何一個被北境庇護之人，都不行。」

一席話落，屋中只聞窗外風聲。

紀雲禾看著長意，只覺他如今擔上這尊主的名並非虛號，而當真是名副其實。

他曾是潛龍在淵，而今，到底是應了後半句——

潛龍在淵，騰必九天。

良久，思語盈盈一拜，道：「尊主的意思奴婢明瞭，告辭。」

她走後，空明與洛錦桑繼續沉默地站了片刻。

空明倒也沒有此前那麼大的敵意，許是為長意一番話所動。他只對長意道：「與馭妖一族之戰並非易事，哪怕是贏了，螳螂捕蟬，黃雀在後，國師府若攜軍隊前來，又要如何應對？你且好好謀劃吧。」

言罷，他帶著洛錦桑也離去了。

長意提了筆，開始在桌上寫著什麼。柔和的燭光中，紀雲禾走到長意身前，道：

「長意。」

長意抬頭看她。「我知曉妳要說什麼，不想聽，後面去。」

這個人，今天幾次三番用這話擋住她的話頭。紀雲禾又好氣又好笑地道：「你又知道我要說什麼了？」

長意一聲冷笑：「無非是『妳不是想被北境庇護之人』等諸如此類的言語。」他將手中筆放下。「紀雲禾，他人投奔北境而來，是去是留是他們的自由，妳不是……」

「你這話，我倒是猜對了，但我想說的不是這個。」紀雲禾道：「你又猜錯了。」

這個「又」字讓長意一愣。他嘲諷一笑：「是，馭妖師在想什麼，妖怪怎麼看得清。」

紀雲禾沒再接話，只是拿起他在桌上放下的毛筆，站在書桌的另一頭，就著他未寫完的那張紙，在上面劃了一條線，道：「這邊是馭妖台，這是馭妖師封鎖北境的線。」

紀雲禾指著線，肅容分析著：

「林昊青而今封鎖了從南到北所有道路，從陸地、空中到河流。他眼下的陣勢勢必是橫向排列。空中若有大妖阻擋，勢必有操縱大妖的馭妖師，河中與地上亦是如此。而四方馭妖地，多年來被國師府打壓，真正算得上大馭妖師的不過八人，馭妖谷獨有其三，林昊青是谷主，操縱全域，必不會去前線馭妖，雪三月已去海外仙島，自然也不會幫他們，而我……」

紀雲禾勾唇一笑。

「我這次，站在你這邊。」

長意仰頭，看向紀雲禾，只見面前這形容枯槁的女子嘴角帶笑，眸有星光，直勾勾盯著他。她的自信與驕傲，好似從未被時光和苦痛所磨滅。

燭火在兩人之間跳躍，心中有許多疑惑堆在喉頭，但長意一時間竟不想用言語打破此刻的這一幕。

紀雲禾卻轉開了目光，在紙上的線上點了六個點。

「為了全面封鎖北境，空中沒有城池據點，必有兩個大馭妖師操縱大妖控制空中，其餘三人，一人斷河流，兩人守陸地，餘下的馭妖師形成封鎖線，但凡任何地方有異動，大馭妖師便能催使大妖前去支援。」紀雲禾道：「大馭妖師，是林昊青封鎖的關鍵。只要空中抓一人，地上抓一人，林昊青的封鎖不攻自破。」

紀雲禾放下筆，長意問她：「妳怎知他們一定會這麼安排？」

「這是最合理的安排，而且……」紀雲禾一笑。「我懂林昊青。」

此五字一出，長意唇角的弧度微微落了一些下去。

紀雲禾卻沉溺在謀劃之中，一時未覺。她思索著，繼續道：

「破了大妖的封鎖線，林昊青勢必派人頂上。到時候，北境最好集結最優秀的戰力全力出擊，但只攻他們一角，定要出其不意，戰勝即歸，不可戀戰，目的不是打敗他們，而是令其挫敗，損其士氣。四方馭妖地，並非真的想搏命一戰，只要讓他們知道，北境有誓死一戰的決心以及戰勝的能力，他們勢必內部一片分歧，到時候，北境便可以最少的傷亡逼退此次四方馭妖地之圍攻。」

紀雲禾轉頭看著長意道：「如何？」

長意並未流露任何情緒。

「可。」他道：「明日挑出人選……」

「哎，等等。」紀雲禾打斷他。「馭妖師的能力雖大不如前，但四方馭妖地中的大馭妖師並不好對付，並非我誇大。當年林昊青與林滄瀾皆在，青羽鸞鳥出世之時，若我或者雪三月中一人願拚死相搏，留下青羽鸞鳥也並非不可能之事。所以……長意，萬不能輕敵，抓了這兩名馭妖師，乃是最關鍵的一環，必須確保萬無一失。我認為，最好是你與青羽鸞鳥，一人捉空中一人，一人捉陸上一人……」

紀雲禾話沒說完，長意便眯起了眼睛。

「紀雲禾，為了讓我拿回鮫珠，妳可真是絞盡了腦汁。」

紀雲禾一笑。「陣前，不可無帥。」

長意沉吟片刻。「我親自去，一個時辰內必回。」

他的意思……是這鮫珠，只會離開紀雲禾身體一個時辰？紀雲禾思索了片刻。這一個時辰，她能與夢中白衣女子說多少話？不過……有一個時辰也好。

紀雲禾笑了笑。「你打算什麼時候去？」

「明日。」

紀雲禾皺眉。「時間這麼緊，青羽鸞鳥會答應嗎？」

「沒問題沒問題！交給我！」洛錦桑忽然又從門外跑了進來。

紀雲禾一愣。「妳怎麼還在這兒？」

「我本來打算等這鮫人走了之後再找妳聊會兒的，然後……躲著躲著就都聽見了。」

紀雲禾失笑，回頭看了長意一眼。紀雲禾而今察覺不了洛錦桑，長意難道也察覺不了嗎？他沒有鮫珠，但這五感可也是敏銳得很呢。

「我明天去騙那大鳥，就說我要飛出去玩，等到上了路，拽了她的毛，逼也要把她逼去抓人。」

紀雲禾道：「青姬聽到，能打死妳。」

洛錦桑笑著撓了撓頭，隨即又想到一個問題，道：「那這個鮫珠要怎麼拿回去啊？難道要把雲禾胸膛剖開？」

此言一出，長意的神色微不可見的一怔，隨即十分鎮定地道：「怎麼給她的，便怎麼拿回來。」

洛錦桑轉頭問紀雲禾：「怎麼給妳的？」

紀雲禾倏爾想到那日的那一幕……

那瞬間的相觸、雙唇的溫度、柔軟的感受、長意身上特有的味道……所有的感覺瞬間湧進紀雲禾腦海。

紀雲禾轉頭，囫圇道了一句：「沒怎麼，就碰了碰……」

「碰哪兒？」

「……我有些累了，打算瞇會兒，妳也趕緊回去吧。」

紀雲禾幾乎是將洛錦桑推了出去，一回頭，但見書桌背後的長意拿著一本書，擋住了半張臉，卻忘了遮掩眼角的弧度。

而這弧度，便如同那逗貓逗狗的狗尾巴草，彎彎的，軟軟的，毛茸茸的，將她心尖一撓。

紀雲禾轉過頭，自己往屏風之後走去，走過長意身邊的時候，兩人皆沒有言語。

房中燭火依舊無聲跳躍，宛似燒到了心尖，燃了滿室溫熱。

*

翌日一大早，洛錦桑果真如她所言騙了青姬，讓青姬答應她，帶她飛去南邊買酒喝。她們這方說定了時間，長意便籌劃著要出發。

離開前，他得取回自己的鮫珠。

紀雲禾坐在小茶桌邊上，太陽初升，她還沒睡，陽光落在窗紙上，將房間照出了一層曼妙的光影。

長意一襲黑袍，站在她跟前。紀雲禾仰頭望著他。

四目相接，靜默無言。

此時空氣靜謐，兩人之間，眸光交織，呼吸相聞。

長意微微俯下身子，紀雲禾幾乎是下意識地，身子微微往後仰了一下。

她的動作雖小，但是看在長意眼中依舊明顯。長意微微停頓了一瞬，冰藍色的眼瞳裡清晰地描畫了紀雲禾的面容。下一刻，像是下定了什麼決心，他沒再耽誤，當即抬手，指尖拂過紀雲禾臉頰，穿過她的髮絲，停在她的後腦勺上。

他的掌心禁錮她的動作，強勢地不允許她逃避、退縮。

長意將眼睛閉上，那冰藍色的眼瞳消失在長長的睫毛之下。他俯身而來，帶著專屬於他的氣息，將唇印在紀雲禾的唇瓣上。

他肌膚微涼，更襯得紀雲禾這雙唇的灼熱。

紀雲禾沒有閉眼，她呆滯又清晰地感受了這個吻。不似此前突然的調戲，也不似上次那般激烈對抗。一個輕柔的吻，綿長而細緻。

此時此刻、此情此景，讓紀雲禾感覺，他們好似就是一對令人稱羡的情侶，在最私密的時刻，做著最親密的事。

長意的氣息勾動她胸膛裡的那顆鮫珠，絲絲涼意從紀雲禾心口升騰而起。唇上的涼意與胸中的氣息連接，讓紀雲禾彷彿飲了一口冰涼的酒，清冽的感覺直達心口，甚是使人迷醉。

藍色的鮫珠離開她的胸膛，倏爾一轉，便隱入長意的唇瓣之間。

而這藍光消失之後，長意卻沒有第一時間離開。

窗外的日出在窗格子上又往上爬了一些，窗格子的陰影投在紀雲禾側臉上，時光流轉，斑駁之間，紀雲禾終是閉上了眼睛。

他們是為了讓長意拿回鮫珠才親吻的，現在，鮫珠已經拿回了，這觸碰……毫無意義，但紀雲禾卻沒有立即喝止長意。她給了自己剎那的放縱，這一生、這一世，紀雲禾常在隱忍，多在謀劃，步步算計，不敢走錯一步。

但此刻，她選擇了放縱自己，感受這曇花開落間短暫的歡娛與留戀……

她的睫羽顫動，胸中情緒翻湧。在這短暫的黑暗、片刻的沉迷之後，紀雲禾腦中彷似有一把劍，攜著寒光刺過，刺破這溫軟的夢鄉，同時也攪動紀雲禾的五臟六腑。

鮫珠離身，病痛再次席捲全身，且比之前來的更加洶湧。

身體裡的每一根血管彷彿都有針在扎一般，讓紀雲禾瞬間痛得清醒過來——

她是將死之人！

紀雲禾倏爾抬手，一把將長意推開。

僅一個動作，便讓她氣喘吁吁。她立即轉過身，捂住嘴，拚盡全力忍住疼痛，佯裝自己不過是對這個吻不敢置信。

長意看著紀雲禾的背影，沉默了片刻。

「一個時辰，我便回來。」

紀雲禾依舊捂著嘴，點點頭。

長意黑袍一動，氣息隱去，身影消失在房間之中。他離開的瞬間，紀雲禾眼前一黑，「咚」的一聲摔倒在地，四肢綿軟無力，皮膚針扎似的疼痛。她額上虛汗直冒。

紀雲禾摸了摸耳朵，她猶記得長意說過，他給她的這個印記，讓他能看見她的所在，雖然不知道能看到什麼程度，但若長意在前線抓人，分神往她這兒一看，見她在地上躺著吐血，那豈不是壞事了？

紀雲禾連忙撐著最後一口氣爬到床上，將被子裹上，這才安心地雙眼一閉，昏睡過去。

長空之上，青羽鸞鳥飛羽舞九天，洛錦桑坐在青羽鸞鳥背上，轉頭看見身後的一團藍色光華緊隨其後，卻在須臾間，那光華猛地一頓，瞬間落後青姬老遠，隔了一會兒又跟了上來，往地面去了。

洛錦桑奇怪：「那鮫人怎麼了？」

「不知道呢。」青羽鸞鳥懶懶地答了一句，又道：「小丫頭，妳去南邊玩，那鮫人跟著幹什麼？」

洛錦桑嘿嘿一笑：「待會兒妳就知道了。」

說話間，遠處空中倏爾傳來一聲「呀呀」的妖怪怪叫。

青羽鸞鳥在空中一轉，翅膀一收，飛羽盡散，化為人形。洛錦桑「啊」的一聲驚呼，青姬手一撈，將向下墜落的洛錦桑後領提住，踏在雲上問她：「小丫頭，這是什麼鳥聲啊？」

「我想應該是妖怪鳥的叫聲，約莫還是個被馭妖師操縱的妖怪，或許還要擋咱們南下的路呢。」洛錦桑被青姬提著，身體在空中晃蕩著，但也不害怕，努力抬著頭看青姬。「要不妳去看看？要是順手，幫我抓個馭妖師也行。」

青姬一笑：「我就知道妳這小丫頭話裡有蹊蹺。」

青姬話音剛落，遠方妖怪的啼叫越發清晰。青姬望著遠方，輕輕一笑，倏然眼中光華一閃。她沒有張口，但是一聲鸞鳥清啼響徹九天，隨著聲音一過，一股妖力徑直蕩開，橫掃她們周邊的雲朵，萬里白雲登時散開。

遠處，一隻黑色的怪鳥在空中搧著翅膀。遠遠的，還能看見那鳥背上站著一個光著上半身的壯漢。

洛錦桑指著他道：「就是那個馭妖師吧。」

「小丫頭，我只答應幫妳一個忙，可沒打算摻和到北境的這團亂事裡來。」

「哎呀，來都來了。」洛錦桑宛如是在勸青姬玩什麼遊戲一樣，道：「妳現在不摻和，他也不會放妳走了。」

青姬這才瞥了洛錦桑一眼，道：「妳要利用我，也好歹用在大點的事，就對面那隻烏鴉妖還有那個馭妖師，妳就讓我跑這麼一趟？」青姬道：「妳是不是對我的傳說不太了解？」

「妳想怎麼做？」

青姬勾唇，魅惑一笑。

「妳說的，來都來了，那就幹點實事，抓個大的。」

「啊？」

洛錦桑還在愣神，青姬提著她，一俯身便徑直向那馭妖師的地上大營俯衝而去。

空中，只留下洛錦桑因為突然的下墜而發出的驚呼……

紀雲禾很清晰地知道，自己又作夢了。

還是那片虛無的天地。這一次，白衣女子無比清晰地出現在紀雲禾面前，她看見了她的面容，也聽見了她的聲音。

「我是不是離死又進了一步？」紀雲禾道：「我想和妳確認一些事……」

她話音未落，女子道：「我知道妳想確認什麼。」紀雲禾挑眉，聽她繼續道：「妳的生活、他的生活……這世間人的生活，我都知道。」

「妳都知道？」

「我死後，執念化成了風，這世上，有風的地方，我便能感知。」她看著紀雲禾，抓住了紀雲禾的手，站到紀雲禾身後。「來，我把眼睛借給妳。」

她說罷，紀雲禾眼前又像上次一樣，忽然出現了一片場景。只是，這次並不是看到這女子的回憶，而是……

青羽鸞鳥……還有洛錦桑，以及……

林昊青。

青姬化為原形，徑直衝向了馭妖師大營，洛錦桑不在，好似已經隱了身，方便躲避及搗亂。青姬的利爪撕裂林昊青所在的那個營帳，周圍人一片混亂，馭妖師、妖怪，還有昨日放回去的那個使者思語皆在。

但聞青羽鸞鳥一聲清啼，巨大的鳥爪抓住了林昊青的胳膊。

「我讓他們去抓馭妖師，他們抓林昊青做什麼？」紀雲禾不解，一聲喝斥：「亂來！」

白衣女子拉著紀雲禾的手，在空中一揮，這裡的畫面消失，另一邊，長意已經擒住了一名馭妖師，將其打暈，在帶回來的路上了。

紀雲禾看著長意，微微一愣，只見長意神色焦急，已經是用最快的速度在往回趕。

沒等紀雲禾繼續看下去，白衣女子手再一揮，面前又出現了另一個房間。紀雲禾沒去過這個房間，但這房間的裝飾，陡然讓她想起了她被囚的那六年。那個囚牢……

畫面一轉，出現一個站在書櫃前的人，果不其然，是一身素白的大國師。

而今一看，這大國師的這身衣裳，卻是與這白衣女子……一脈相承。

「他當真是妳徒弟？」

「我名寧悉語，他是我的親傳大弟子。他做乞兒時，我將他撿了回來，以我姓為他姓，給他取名寧清。我教了他這一身本事，卻不想……」她頓了頓。「我雖已身故，卻能託身長風，存於天地，如同那附妖一般存在著。他是我的徒弟，也是我的過錯。數十年前，我……我因故而亡，寧清對我，心有……妄念。」

她的聲音有些顫抖，但還是盡量控制著自己，說：「他因我身亡而恨盡天下人，是以設局，令馭妖一族誤以為青羽鸞鳥作亂人間，又獻十方陣給寧若初，致使寧若初與其他九名大馭妖師盡數身亡。而後在馭妖一族中，他獨攬大權，設四方馭妖地，及至如今，一手遮天，造這天下亂局……」

她說著，而這場天下浩劫的始作俑者，此時卻在畫面中靜靜地站在那書架旁，拿著一本書細細研讀。陽光傾灑，他面色沉靜，宛如世間沉穩的讀書人。

寧悉語揮手，面前畫面散去。

她鬆開紀雲禾，紀雲禾轉身看向她道：「妳想彌補妳的過錯，所以要我把真相告訴青羽鸞鳥，想讓青羽鸞鳥殺了大國師？」

「而今這世上能與他一戰的，除了青羽鸞鳥，別無他選。」白衣女子看著紀雲禾。「妳的時間……也不多。這世上，我也只能與妳有這般連繫。」

「為什麼是我？命懸一線的，這世上並不只我一人。」

「是，命懸一線的人太多了，但踩在人與妖的縫隙當中且還命懸一線的，只有妳一人。我非人非妖，只能託身長風之中，並不在五行之內，而妳雖有身體，卻也越過了世間五行界限……」

白衣女子嘴唇還在動著，但她的聲音卻慢慢變得模糊。

紀雲禾道：「我快醒了，青羽鸞鳥的事，我……」

＊

紀雲禾猛地睜開眼睛，眼前不是房梁，而是長意的臉，近在咫尺。

唇上還有長意的溫度。

藍色的光華剛剛在她胸膛間隱去。

他……又將鮫珠給她了。

紀雲禾坐起身來，長意往後退了一步，靜靜看著紀雲禾。紀雲禾笑了笑，道：「人抓回來了？」

聽她開口說話，長意方才定了神。

「嗯。」

兩人這才說了兩句話，空明和尚便猛地將外面房門推開，疾步走近，怒叱長意：「你怎麼能讓那傻子去抓林昊青！萬一出事……」

長意眉頭一皺，說道：「我沒讓她去抓。」

見長意被吼了，紀雲禾插嘴道：「青羽鸞鳥在，應當沒事。」

「應當？」空明看來是氣急了，惡狠狠瞪了紀雲禾一眼。「事沒出在這個鮫人身上，妳倒是放得下心！」

紀雲禾眉頭一皺，空明也覺得自己失言，當即嘴一閉，徑直轉身離去，沒一會兒就聽到樓道裡空明和洛錦桑吵起來的聲音——

洛錦桑：「讓開讓開，我要告訴我家雲禾一個天大的好消息！你拉著我幹什麼？我好著呢！大禿驢我跟你說，我和青羽鸞鳥把林昊青抓回來了！就關在地牢裡呢！」

「洛錦桑妳有沒有長腦子？誰讓妳去抓林昊青！」

「你凶什麼啊？我陣前擒主帥！多帥氣！你有什麼好氣的？你是不是嫉妒我和青羽鸞鳥本事高啊？」

「洛錦桑！」

「幹什麼！」

兩人越吵越大聲，倒是襯得這房間裡安靜極了。

長意轉頭，看著紀雲禾，有些奇怪地問紀雲禾：「妳知道她們去抓林昊青？」

紀雲禾一頓。她總不能告訴長意她在夢裡已經看見了……紀雲禾只道：「猜的，青姬這性子，應該不甘寂寞。」她打完圓場，立即換了話題。「青姬既然將林昊青抓來了……我想見他。」

長意沉默。他盯著紀雲禾，這一次，終於沒有再拒絕。

「一起。」

此二字一出，紀雲禾倏爾嘴角一揚。

她喜歡聽長意說這樣的話。聽了這樣的話，紀雲禾在那瞬間只想將當初的事情盡數告訴長意——她對他，從無背叛。

但是……

方才鮫珠離身的疼痛猶在身上殘存。

紀雲禾嘴唇動了動，終究還是將那些話都嚥了下去。

將死之身，就不要玩那些反轉了，形勢那麼複雜，何必添人煩惱。

第十八章 歸去

紀雲禾本來還有一絲擔心，若她與長意一同見了林昊青，林昊青說出了什麼當年的事情，那她該如何圓場……

可沒等她的擔心落到實處，尚未來得及見林昊青，前線忽然傳來消息，林昊青被青羽鸞鳥所擒，陣前所有馭妖師頓時群情激憤，在幾位馭妖地領主的率領下，怒而大破北境前方陣法，揮大軍而來。

青羽鸞鳥與洛錦桑陣前擒主帥一舉，竟是將壓抑多年的馭妖一族逼出了最後的血性。

紀雲禾初聞此消息，有些哭笑不得。與自己同有隱脈的族人隱忍多年，忽然就這麼振作了一次，實屬難得。而尷尬的是，她卻站在這群振奮族人的對立面……

這個消息傳來時，洛錦桑與空明也在房間裡。這下洛錦桑傻眼了。

「明明是我們陣前抓了他們主帥，怎麼還讓他們變厲害了……」

空明一聲冷哼，還在氣頭上的他對洛錦桑的疑惑並不搭理。

紀雲禾道：「兔子急了也咬人，妳們此舉太欺負人了些。」

洛錦桑撓頭。「那咱們只有硬著頭皮去打仗了？」

「不能打。」長意聲色不大，只淡淡說了三個字，卻無比堅定。

紀雲禾點頭，附和他的話道：「若論單槍匹馬，沒人鬥得過青姬，但兩方交戰必有損傷，加之馭妖一族而今戰意高昂，不可與之正面相鬥。就算贏了，也最多讓北境喘息兩個月，兩個月之後，京師來北境的路途冰雪消融，朝廷大軍揮師北上，北境無力與之再戰。」

「那怎麼辦……」洛錦桑急得撓頭。「我再悄悄把林昊青給他們塞回去？」

空明和尚又是一聲冷哼：「妳還想幹什麼？侮辱他們第二次？洛錦桑，妳有幾條命夠妳折騰？」

「那……那……」

房間裡沉默了片刻。紀雲禾在沉思半晌之後，倏爾抬頭，看向長意道：「和談吧，我去勸降他們。」

此言一出，房間陡然又沉默下來。

洛錦桑呆呆地看著紀雲禾。「和談？勸降？妳去？」

紀雲禾沒有看洛錦桑，只是目不轉睛地盯著長意道：「我去。」

長意沉默片刻，依舊是那句話：「我和妳一起去。」

天正黑，馭妖台之外風雪連天，面前是一片茫茫雪原，風雪背後，一片黑壓壓的大軍壓在天地交際之處，將這風雪景色更添厚重與壓抑。

馭妖台前，巨大的城門之下，兩匹馬載著兩個人，正走向遠方那千乘萬騎。越往前走，來自前方的壓力越大。

紀雲禾與長意，一人只有一個憑鮫珠撐起的空架子，一人沒有身為妖怪力量代表的內丹。他們走過風雪，停在了雪原之上。兩人馬頭並齊，對方人馬未到，紀雲禾望向身邊的長意。

「你當真不將鮫珠拿回去？」

長意瞥了紀雲禾一眼，銀髮飛舞，與雪同色。「不拿。」

紀雲禾笑著看他。「他們要是動手將你抓了，怎麼辦？」

「沒有鮫珠，他們依然抓不了我。」

這個鮫人，對自己很有自信。紀雲禾轉過頭，望向遠方，道：「你是個不說大話的人，我信你。」

長意偏過頭，瞥了紀雲禾一眼，只見紀雲禾瘦弱的身形裹在那藏青色的斗篷之下。她那麼瘦弱，好似這風雪再大一點，就能將她吹走。她拉著馬韁，控制著身下因前方妖氣而有些不安的坐騎。

「長意，這景色真美。」她瞇眼看著面前的風雪與遠方的遼闊。「我已許久沒有身處這般景色之中了。」

她說著這話，好像此行並不是賭上性命來和談，只是出來吹吹風，看看景，活動活動筋骨。

長意看著她，應道：「對，很久沒有了。」

他也很久沒有在這般遼闊的景色下，看過紀雲禾了。

上一次，還是六年前，在去馭妖谷的路上，她站在他對面，背後是一片追兵。長意如今猶記，她手中長劍帶給他的冰冷刺痛感，是那麼清晰……

而如今，她卻在他身邊。

長意本以為，自己這一生，都不會再將紀雲禾從那個房裡放出來。他本是打算關她一輩子，直到她真正停止了呼吸，再不讓她有背叛他的機會。

但他帶著她出來了，若是紀雲禾想要再次背叛他，只要在對方到來的時候，帶著他的鮫珠站在他的對立面，便可輕而易舉地再取他性命。

但他還是這樣做了。

給她鮫珠，放她出來，與她離開馭妖台。

「這或許也是我此生最後一次了……」

她遙望長空，風雪呼嘯間，那神色蕭索，讓長意見之一痛，而後理解了她的意思，又是一痛。

紀雲禾瀕死之色，長意見過，也為之痛過。

他騙過自己，也忽視過自己的情緒，但及至此刻，看著紀雲禾微微凹陷的眼睛，還有那被他吻過的，乾裂蒼白的唇，長意胸中情緒倏爾湧動，推上他的喉間，壓住他的唇舌，讓他幾乎無法控制地開口道：

「紀雲禾。」

紀雲禾轉頭看他，幽深漆黑的眼瞳映著漫天飛雪與他的銀髮。

「若妳願發誓，以後再無背叛，我便也願……再信妳一次。」

風雪還在亂舞，然而天地間所有的聲音彷彿都靜止了。

紀雲禾愣愣地看著長意。

於長意而言，她殺過他，背叛過他，利用過他，而今他竟然……還說出了這樣的話。

紀雲禾唇角動了動，終是壓住心頭情意，硬著心腸笑道：「大尾巴魚，你怎麼還那麼天真，這麼多年了，人類的誓言，你還敢當真啊？」

紀雲禾的言語字字如針，但長意還是看著她道：「妳今日若說，我便信。」

心頭一陣劇痛。那些冷硬的心肝都好似被震碎了一般疼痛。

紀雲禾的雙手在袖中顫抖，幾乎握不住馬韁，身下馬兒有些焦躁地踏步，正適時，不遠處傳來一陣轟隆之聲，萬人軍隊前來的腳步震天動地，打破兩人之間的氣氛。

紀雲禾這才重新握住馬韁，看著前方道：「陣前，休談此事了。」

萬人大軍黑壓壓的一片，如潮水湧向兩人，卻在百米外停住了。

前方，數十人打馬而來。馬蹄急促，轉瞬間，十幾人便停在了紀雲禾與長意面前。

有些是紀雲禾熟悉的面孔，有的面生，但看起來凶神惡煞，好不嚇人。

先前到過北境的使者思語也在其中，她是林昊青的妖僕，自是比其他人更緊張林昊青一些。她率先提了馬韁走到面前，望著紀雲禾與長意道：「只有你二人？」

對面的人一開口，方才將紀雲禾飄散的神智喚了一些回來。她望著妖僕思語，道：「北境尊主親自前來，勝過千人萬人。」

眾人看了長意一眼，長意未發一語，但那藍瞳銀髮早已成為傳說，傳遍世間，有的人第一次見他，忍不住轉頭竊竊私語起來。

長意打馬，上前一步，揚聲道：「北境無意與馭妖一族為敵。諸位若今日退兵，林谷主自然能安然無事回到馭妖谷。」

「我等如何信你？先交出林谷主！」人群中，一彪形大漢提了馬韁走上前來。「還有我馭妖山的晉陸兄，其他再談！」

這人口中的晉陸兄，乃是被長意抓回來的那名大馭妖師，本是馭妖山的門面，而今被這麼輕易抓了，他們的面子應當也是極過不去。

「這位兄臺可是馭妖山的人？」紀雲禾看著那大漢笑問。

大漢戒備道：「是又如何？」

「晉陸乃馭妖山最強的馭妖師，如此輕易被擒，兄臺可是覺得北境大打馭妖山的顏面，欺人太甚？」紀雲禾看著那大漢臉色一青，又轉頭盯著思語道：「更甚者，連林谷主也直接被抓了，這四方馭妖地的聯合伐北一戰未打，主帥便先被擒，若傳出去，可是顯得四方馭妖地無比可笑。」

眾人聞言，本就心頭竄火，此時更被紀雲禾激得怒髮衝冠，有人提了刀便要上前。長意眸光一冷，體內尚存的妖氣一動，周遭風雪頓時停住，化為利刃，停在眾人的四面八方。

局勢一觸即發。

「氣什麼？」紀雲禾在對峙的僵局中依舊一臉笑意。「主帥被擒，顏面掃地，四方馭妖地陣前失了尊嚴，這不是早就注定的事嗎？數十年前，大國師製出寒霜，建立國師府，設四方馭妖地，困住馭妖一族……打那時起，便注定了今日的敗局。」

此言一出，眾人沉默。

風雪呼嘯間，只聽紀雲禾繼續笑道：「諸位憤怒，是怒於北境妖怪太過厲害，還是怒於自己的無能與平庸？」紀雲禾提了氣，調動自己身體所有的力量。她坐在馬背上，聲音不大，卻讓面前的人與百米之外的所有人，都聽到了她的聲音。

「百年前，國師府未存，四方馭妖地不在，馭妖一脈未被奴役囚困之時，可是如今模樣？」紀雲禾背脊挺直。「我也是馭妖師，我曾乃馭妖谷護法，我深知諸位冒死來這北境苦寒地的不甘不願與不易！但到底是誰讓你們來？你們又是在為誰而戰？你們手中的刀劍，指向的是何方，這條性命與一腔熱血灑向的是何處？可有清醒的人睜眼看看？」

「是誰讓馭妖一族血性不再，是誰困我等於牢籠之中？又是誰恫嚇、威脅、馴服我們？」紀雲禾伸手，抓過身邊被長意定住的冰雪。冰雪似刀刃，割破她的皮膚，鮮血滴落。紀雲禾將手中冰刃狠狠擲於地面。「我將刀揮向牢籠之外的行刑者，而不是同樣在夾縫中求生的苦難者。」

她話音一落，長意側目凝望了她片刻，手一鬆，周圍風雪再次簌簌而下，落在眾人臉上。雪原一片沉寂。而後，眾人身後傳來嘈雜之聲。

紀雲禾看著思語道：「我抓林昊青，不是為了戰，而是為了不戰。」

思語也定定看著紀雲禾，那看似柔弱的面龐，此時眸光卻顯得冷硬。

「我們沒有退路。」她打馬向前，走到紀雲禾身前，兩匹馬的馬頭都挨在了一起。「順德公主說，若不將妳交給她，便要將寒霜之毒投入天下水源。」

紀雲禾一愣。

「她不一定想殺你們在場的馭妖師，但若有新生的雙脈之子，天下之大，妳要如何救他們？」

紀雲禾默了片刻。「我不知道。但正因為如此，我才絕不向她妥協。她今日可以此威脅妳殺我，明日便可以此威脅妳自殺，臣服她一次可以，但欲望永遠沒有盡頭。」

話音剛落，數人從後面的軍隊之中走出，經過面前這十數騎馬身側。思語調轉馬頭，往後一望……

「我願入北境。」

「我願入北境……」

數人、數十人、數百人……數不盡的馭妖師從後面的軍隊之中走出，行至紀雲禾與長意身前。有人未動，但沒有一人將離開的人攔住、挽留。

一時間，那黑壓壓的軍隊，分崩離析。

北境的長風與鵝毛大雪拂過每個人身側，紀雲禾看著他們，倏爾嘴角一動，露出一個輕淺的微笑。

她轉頭看長意。只見長意也靜靜凝視著她。那冰藍色的眼瞳之中，好似只有她的微笑。

「長意……」她輕輕喚了一聲。

風吹起了她的斗篷，斗篷在風中好似飛舞成了風箏。

她耳邊再無任何嘈雜，甚至連自己的聲音也聽不到了——

長意……這是我能為你做的，最後的事了……

她身體往後仰去，頭頂的風雪與漸漸快亮起的天，是她最後看見的景色。

*

彌留之際，紀雲禾感覺自己被人抱著，好似在風雪之中狂奔。

她的世界裡，盡是那粗重的呼吸之聲。

好不容易停下來了，這世界又陷入一片嘈雜，她什麼都能聽見，但什麼都聽不清，永遠都是斷斷續續的，時而聽見洛錦桑在哭，時而聽見空明和尚在罵，還能聽到青羽鸞鳥勸慰洛錦桑的聲音。

對了……青羽鸞鳥……

她還有話沒告訴她呢。

紀雲禾迷迷糊糊地想睜開眼睛，但眼前一片白光，什麼也看不見，她只得咬著牙，近乎呢喃地，在唇邊說著那白衣女子要她說的事，也不管要聽的人是不是在自己身邊。

她一直努力說著，隱約間感受到寒涼的風捲在她的身上，幫她分擔了許多痛苦，讓她省了許多力氣。

「青羽鸞鳥……寧若初，十方陣……被大國師所害……」

紀雲禾一直不停囈語。

隨著她的聲音，纏繞於她身側的風越發強烈，甚至帶動她的髮絲，讓紀雲禾睜開了眼。

身側是哭紅了眼的洛錦桑，還有肅容站著的青姬。空明和尚與長意此時不知去了哪裡，不過，他們不在也好……

紀雲禾方認清了人，忽覺身側風動，甚至吹得床幃波動，這奇異景象讓洛錦桑驚得忘了哭，只紅著眼呆呆地看著紀雲禾道：「雲禾……妳這是……」

紀雲禾沒有力氣與她解釋，此時的她，身體好像被這風操控著。她似乎成了寧悉語的提線木偶——她的身體被長風捲起，幾乎半飄在空中。

「青姬，雲禾這是怎麼了？」

青姬也皺眉看著紀雲禾，無法給洛錦桑任何解釋。

紀雲禾唇角顫動，全然不受她控制地吐出一句話來：「寧若初當年沒有騙妳。」

此一言，讓洛錦桑更加不解，卻讓青姬徹底愣住。

那夢中的寧悉語，好似在紀雲禾彌留之時，借長風之力掌控了她的身體。就像在夢中，寧悉語將自己的眼睛借給紀雲禾，在這裡，她又主動將紀雲禾的身體借走了。

她借紀雲禾之口，對青羽鸞鳥道：「他說要去陪妳，是真的想去陪妳，只是他也被大國師騙了。十方陣殺了他，是大國師殺了他。」

「雲禾妳在說什麼呀……」洛錦桑眼睛通紅。「妳都這樣了，妳……」

一旁的青羽鸞鳥因為這些話愣了許久，終是盯著紀雲禾失神地道：「我知道她在說什麼。」她言罷，唇角抿緊，再不看紀雲禾一眼，徑直轉身離開，卻在轉身的瞬間撞到了長意的肩頭。

兩人擦肩而過，青姬腳步未停，面容沉凝嚴肅，徑直往屋外而去。長意更是連頭都沒有回一下，根本不在乎是誰撞了他肩頭，也不在乎周圍的人都在哪兒。

他只定定看著紀雲禾。

長意的唇色帶著幾分蒼白，銀髮有些許凌亂。他走到紀雲禾身前，看著紀雲禾身側詭異的怪風。

而隨著青姬離去，纏繞著紀雲禾身側的風開始慢慢消散。

她的身體緩緩落下，寧悉語將自己的力量撤走，而紀雲禾對自己的身體沒有絲毫掌控之力。在她的身體緩緩落於床榻時，紀雲禾的眼角餘光看見了那銀髮藍瞳之人。

她看著他嘴唇微微開啟又閉上，幾次顫抖間，竟然一個字也未曾說出。

你想說什麼？

紀雲禾很想問他。

但寧悉語的風徹底消失了，紀雲禾在這瞬間彷似看見了那風的尾巴穿過床幃，飛過窗戶，最後歸於寂寥天地。

紀雲禾知道，自己很快也要和她一樣歸於無形，化為清風或是雨露……

紀雲禾眼睛眨了眨，漆黑的眼瞳像鏡子，將這個世界最後的畫面烙進瞳孔之中。

有窗外欲雪的一線天空，有洛錦桑微紅的眼眶，有她已經看膩的房間天花板、桌椅、老茶具，還有……長意。

他的銀髮和藍瞳。

可惜了，再也看不到他那條令人驚豔和震撼的大尾巴。

眼皮沉重地蓋上，以一片黑幕隔絕了她與這人世的最後連繫。

所有畫面消失，所有聲音退去，紀雲禾最後的意識，在一片黑暗當中為她勾勒出了最後的畫面——是那日，長意將她從國師府帶走，他抱著她，行過千重山、萬層雲，最後落在一座山頭上。

朝陽將出，長意將她壓在山頭的岩石石壁上。

那是六年以來，背叛之後，他們第一次單獨相處。他們毫無遮蔽地直視彼此的眼睛。

生命的最後一刻，紀雲禾看到的，卻是這樣的一幕。

為什麼？

紀雲禾自己也不明白。

她只定定看著長意，看他，也看他眼中的自己。朝陽從長意背後升起，他變成了黑色的剪影，只有那大海一樣的眼珠清晰地映著她的身影。

如同在照鏡子一樣，紀雲禾在他的眼珠裡，看見自己流下了一滴眼淚。

眼淚剔透，她心頭再次感受到了灼熱的疼痛。

「大尾巴魚。」她終於對他道：「我從沒背叛你。」

這句話，到底是脫口而出了。

她內心的遺憾，終於在生命終結的這一刻，以這樣的方式，在她自己臆想的幻境當中，對著這個臆想中的剪影說了出來。

紀雲禾恍惚間，明白了自己為什麼一直以來都不與長意說真相。她扯遍了以大局為重的謊，騙過了空明和尚，也騙過了自己。

但其實，最真實的理由不為其他，只是……她害怕。

她是個自私的人，她害怕如果她說出真相，長意依舊不願意原諒她，那她該怎麼辦？她更害怕，她做的這一切，從一開始就是個錯誤。她替長意做選擇是錯，與林昊青計劃激長意離開是錯，在懸崖上刺他一劍，逼他心死是錯……

她最怕長意得知真相後與她說──我會變成如今這模樣，都是因為妳……

她將那顆赤子之心傷得千瘡百孔，又將那個溫柔如水的人變得面目全非，這更是大錯特錯……

她不說。不願說。不敢說。

所以……到此刻，她才會看到這一幕，才會聽到自己說──

我從沒背叛你。

可是……也只敢在自己心裡說啊。真正的長意永遠也無法知曉，也無法聽到了……

但一切都無所謂了。說不說，也無關緊要了。人死燈滅，她死了，便會帶著這些過往一併消逝。

紀雲禾看著長意背後的太陽越來越灼目，直到將周圍照成一片蒼白，長意的剪影也消失了。她仰頭望著空白的天，閉上了眼睛。她一生盤算，為自由，為生存，掙扎、徘徊，及至此刻，她終於……

安靜了。

*

紀雲禾死了。

一件理所當然的事。

但當長意看著紀雲禾終於閉上了眼睛，合上了嘴唇，而後……停止了呼吸，他忽覺一陣撕心裂肺的痛楚，像是一根倏爾極致冰涼，倏爾無比灼熱的鐵杵，從他腹部深處穿出，搗碎他的五臟六腑，終停在了他的心口處。

「撲通。」

鐵杵尖端化為千萬根針，扎在他血管裡。他從未那麼清晰地聽見自己的心跳聲。

「撲通。」

他的心臟在針尖上跳得那麼緩慢，又那麼驚心動魄。

紀雲禾死了。

這是一個事實。

他的鮫珠從死亡的身體之中飄出，晃晃悠悠，帶著紀雲禾的餘溫回到他的軀殼之中。那餘溫，彷似是想燒乾他的血液。

長意在這一瞬間，竟恍惚以為自己好像……

也死了。

＊

床榻上的人早已沒了呼吸，本就枯瘦的臉頰，此時更添一抹青白之色。

屋子裡只有洛錦桑壓抑隱忍的哭泣之聲，而那說起來最該難過的人，此時卻直愣愣地站在那方，一動也不動。

空明看著長意的背影，未敢抬手碰他，只低聲道：「安排時日，將她下葬了吧。」

「下什麼葬！」洛錦桑轉頭，雙眼通紅，惡狠狠地瞪向空明。「我不信！我不信！一定還有別的辦法！那林昊青不是被抓來了嗎，雲禾一定是因為當年在馭妖谷中的毒才這樣的！我去找他，要他治好雲禾！」

她說著，立即站起來，邁腿便往外面衝。

空明眉頭緊皺，想去將她追回，但一轉念，又看向身側一動不動的長意。他心頭略一沉吟，左右這是在馭妖台中，洛錦桑跑出去，鬧再大也出不了什麼事，反而是這鮫人……安靜得太過反常。

「長意。」空明喚他：「人死如燈滅……」

長意依舊沒有任何反應。

「長意……」空明終於忍不住碰了他一下。

被人觸碰，長意這才似是回過神來了一樣。他轉頭，看了空明一眼，此時空明才看見，長意的臉色，蒼白更甚那床榻上的死者。

他神情麻木，那雙冰藍色的眼瞳中，是如此灰敗無神。其他人或許沒見過，但空明見過。六年前，當他在湍急的河流中將長意救起後，長意睜開眼時，便是這樣一雙眼睛。

空洞、無神。

像個被拋下的孩子，無助又無措。

空明一時間也不知該說何言語。他唇角動了動，終究是沉默地嘆了一聲。

沒見他開口，長意回過頭，轉身往紀雲禾身邊走去。

他走到紀雲禾身側坐下，一言不發地靜靜看著她，看了許久。忽然間，長意胸中鮫珠的藍色光華再次閃耀，他俯下身，冰冷的唇貼在了另一副冰冷的唇瓣上。

他試圖將鮫珠再次送進這副身體裡。

但紀雲禾沒有氣息，便如床邊的床幔、她頭下的枕頭、被子裡的棉絮一樣，都無生命，鮫珠進不去，便一直在長意胸腔裡徘徊……

一如他。

進也不行，退也不行，再拿不起，也無法放下。

屋子裡藍光閃爍，他銀色的長髮垂在紀雲禾耳邊，那冰冷的唇瓣互相貼著，誰也沒再能為誰取暖。

長意閉上眼，不肯離開這已然沒了溫度的雙唇。

胸膛中藍光大盛，他撬開她的唇齒，想要強行將鮫珠餵入她口中。鮫珠也果然被灌進了紀雲禾口中，但也只停留在了她的唇齒之間，任由長意如何催動也沒再前進。

他依舊不肯放手。

那鮫珠便在兩人唇瓣間閃著蔚藍的光華，將這屋子映出大海一般的藍色，彷彿他已經帶著紀雲禾沉入了他熟悉又闊別許久的家鄉。

空明在這一片藍色之中站了許久，終於忍不住上前，拉著長意的肩，將他拉了起來。

鮫珠再次回到他的胸腔之中，消失無形。

「紀雲禾死了。」空明道。

長意垂著頭，銀色的長髮擋住他的側臉，但仍無法掩蓋他頹然的神色。

「她在騙我。」

「她已經沒有氣息了。」

「她定是在騙我。」長意像是沒有聽到空明的話一般。「以前她為了自由騙我去京師侍奉順德。現在，她一定是為了讓我放了她，所以假死騙我。」

空明沉默。

「她不想讓我困住她，不想待在這個屋子裡，她想離開……」

「噠」的一聲清脆響動在紀雲禾床邊響起，空明一開始沒有在意，直到又是「噠」的一聲，一顆珍珠從床榻邊落下，滾在地上，珠光耀目，骨碌碌地滾到了空明腳邊。

傳聞鮫人，泣淚成珠……

六年前，空明救起長意後直到現在，什麼樣的刀山火海、絕境險途未曾踏過。受過再多傷，流過再多血，無論多麼艱苦絕望時，他也未曾見過鮫人的眼角溼潤片刻。

以至於空明一度以為什麼泣淚成珠都是空妄之言，不過就是人類對神祕鮫人的想像罷了，這鮫人根本就不會流淚。

卻原來……空妄之言是真。

空明看著他，他銀髮似垂簾，擋住了他的神情，而空明也不忍去探看他的神情。

「長意，這既是她的願望也是天意，你便也……放下吧。」

「放下？」

珍珠顆顆落下，而他聲色中卻未帶哭腔。他平靜地訴說，只是難掩喑啞。

「勸降馭妖一族前，我問她，若她願發誓以後再不背叛，我便願再信她，實則……這誓言，她說不說，我都信她。」他道：「她利用過我，我也信她。她殺過我，我也信她。過去種種，我已然都可放下，我放不下的只是……」

他緊緊抓住紀雲禾的手，幾乎渾身都在顫抖。

過去種種，他都不在乎了。他困住紀雲禾，其實已然不是為了報復，更不是為了折磨，他只是為了留住她。

他放不下的，想留住的，只是她……

但他還是失敗了。

任憑這湖心島有多偏僻，這閣樓封印有多堅固，他的監視看護有多小心，他也還是留不住她……

房間裡靜默了許久，終於，只聽長意緩緩顫抖道：

「她自由了……」

如這北境的風雪，狂放飄揚，天地之間隨風而走，再不受任何桎梏。

鵝毛大雪間，洛錦桑頂著狂風，瘋狂奔向囚禁林昊青的地牢。她徑直往地牢最深處跑。狼狽地跑到牢門前，洛錦桑一把抓住牢門，對著裡頭坐在微光裡的男子喊道：「快把解藥拿來！」

牢中藍衣白裳的男子微微轉過頭來，看向洛錦桑。被囚幾日，未見他有絲毫混亂。他鎮定道：「什麼解藥？」

「雲禾身上的解藥！老谷主給她下的毒！而今她快死了……」她說得慌亂。

男子聞言，這才身形一動，站起身來……

＊

房中寂靜，紀雲禾還躺在床榻上，若不是她膚色青白，任誰看，她都只是如睡著一般安靜。那長長的睫羽被窗外的微風吹動，好似下一瞬間還會睜開一般。

只是……一切都是「好似」。

那雙他永遠沒看懂的黑瞳，而今更是沒有機會看懂了。

未有嘆息，也無言語，長意靜靜坐在紀雲禾身側，他的手握住她的手掌，一股寒氣自他掌中慢慢散出，在紀雲禾已然冰涼的肌膚上，用寒霜緩緩將她覆蓋。

一寸寸，一縷縷，寒霜如他的指尖，似輕撫，似描摹，包裹她的手臂、身軀，而後爬上了她的頸項，直至臉頰。蒼白的唇被凍上，纖長的睫羽也被凍上。

他試圖將她……就此冰封。

「等！等一下！」

洛錦桑的一聲驚呼傳來，打破屋子裡的寂靜。洛錦桑疾步踏來，將長意的手臂猛地一推，長意掌心順勢往旁邊一拂，霎時間，床榻之上也遍布冰霜。

而洛錦桑的雙手因為觸碰了長意手臂，也瞬間變白。冰霜順著她的皮膚爬上她的手臂，將她凍得渾身顫抖。

空明見狀大驚，立即上前兩步，將洛錦桑的雙手抓住。空明掌心術法一轉，雙手登時被火焰覆蓋。他雙手抓著洛錦桑手臂，往下一捋，將寒霜盡數化去，隨後怒叱洛錦桑：「妳不要命了？」

「我沒有不要命。」洛錦桑沒有理空明，推開他對長意道：「雲禾還有救！」一句話，將那已黯淡的藍色眼瞳點亮。

銀色長髮一動，長意轉過頭來看向洛錦桑，洛錦桑指著床邊道：「林昊青可以救她。」順著洛錦桑的手，眾人看向門邊，只見藍衣白裳的林昊青站在屏風旁。

林昊青踏進屋來，目光在長意臉上一掃而過，隨後落在床榻上的紀雲禾臉上。只一眼，他便不由自主地皺了眉頭。

「你能救她？」長意問。

林昊青上前一步，再細細將紀雲禾打量，眉頭皺得更緊。

太瘦了。六年前馭妖谷一別，林昊青便沒想過還能再見到紀雲禾。他那時一直以為，紀雲禾要嘛會立即死在順德公主手上，要嘛就隔段時間死在順德公主手上……

沒想到……她竟然能在國師府牢中熬上六年，而後又被鮫人帶來北境。

他本以為自己再也見不到紀雲禾了。

「她怎麼會這樣？」他反問長意。

長意只固執地問：「你能救她？」

林昊青目光一轉，看向長意。

「都變成這樣了，怎麼救？」

此言一出，屋中又是一靜。

那稍稍亮起來的冰藍色眼瞳，再次失去了顏色。

洛錦桑不顧自己被冰霜凍得紅腫的雙手，絲毫不覺得痛似的一把將林昊青的衣襟拎住。她手指用力，手背的皮膚紅腫，被撐開，流出滴滴血液。

「你不是說你能救她嗎！你說她不會這麼容易死掉！你剛才跟我說的！」

林昊青並未掙脫洛錦桑的雙手，任她抓著自己的衣襟，啞聲道：「我本以為我能救。」

「什麼意思？」洛錦桑問。

「我以為她只是被當年煉人為妖的藥物所傷，所以我以為我能救她。」林昊青看著床榻上的紀雲禾。「但不是。她形容枯槁，顯然是身體之中的氣血之力已被消耗殆盡，如今，周身也已皆被冰封，如何救？」

洛錦桑唇角動了動，眼眶不由得再次紅了起來。她轉頭，對著長意怒道：

「你為什麼要冰封她！」洛錦桑聲音一啞，終於沒忍住，哭出了聲來。「你為什麼要冰封她！為什麼？」

長意看著床榻上的紀雲禾，並未作答。

洛錦桑只覺雙腿一軟，方才的狂奔絲毫不讓她覺得累，及至此時，她倏爾才覺渾身的力氣都被偷走，空明在她身後將她抱住，低聲道：「在冰封之前，她本就嚥氣了。」

洛錦桑繼續啞聲問著：「你為什麼對她不好，為什麼不放了她，你知道她最喜歡外面的天地，你為什麼都沒有讓她多出去看看，你……」洛錦桑咬牙，她憋著氣，掙開空明，跪行了兩步，近乎狼狽地撲到紀雲禾身側。

她伸出手，去抓紀雲禾的手臂，說：「我不讓她待在這裡，她想出去，我帶她出去。」她說著，去扒紀雲禾手臂上的冰霜。冰凌讓她手上再添鮮血，空明看得不忍，在他開口制止之前，紀雲禾身上藍光閃動，下一瞬，她的身體微微飄了起來。

屋內光華一閃，一聲輕響，下一瞬間，湖心島上的結界應聲而破。

長意與床榻上的紀雲禾屍身皆消失了蹤影。

洛錦桑一邊抹眼睛，一邊道：「他要帶雲禾去哪兒？」

「和妳一樣，帶她出去。」空明將她扶起，目光靜靜看向窗外。「讓她去自己喜歡的地方。」

屋中只剩下洛錦桑喑啞的哭聲。林昊青站在一旁，並不多言，只是目光一直緊緊跟隨著那空中的身影。

湖心島外自然是湖，此時遍天風雪，湖上也盡是厚厚堅冰，長意踏步，走在堅硬的冰上。他尚還記得那一次，紀雲禾才被他抓來湖心島不久，她想離開，於是撞破了他的結界，一路狂奔，跑到了這冰上。

那次，其實他早就遠遠地看見她了，只是他沒有第一時間上前。他看著她奔跑著，在寒冷的空氣中喘著粗氣，最後跑不動了，在冰面上躺下，看著夜空放肆地大聲暢笑。

那是紀雲禾最真實的模樣，是他最能看懂她的時候，簡單、快樂。

他喜歡那時候的她。

長意將紀雲禾放在堅冰上。

此時的紀雲禾安安靜靜地閉著眼睛，沒有吵沒有鬧，但他好像聽見了她在冰面上的大笑，樂得跟個小孩一樣，沒有受過任何傷，不曾見過天高，也不想知曉地厚。

長意看著她，卻是嘴角微微一勾。

一顆珍珠落下，落在紀雲禾臉頰的冰霜上，隨後，紀雲禾身側的冰面開始慢慢裂開，彷彿在那兒盛開了冰凌之花，一層一層蓋在紀雲禾身上，將她團團包住。每多一層，她的面容在長意面前便越發模糊。

冰層越來越多，直到將她完全包住，也將那顆從他眼裡落下的珍珠永遠固定在了紀雲禾臉頰之上。

「妳自由了。」

他說著，將紀雲禾裹住的冰凌之花拉著她的身體，慢慢向湖中沉去。

慢慢向下，越來越遠，她的面容模糊，那珍珠的珠光也淡去，紀雲禾終於徹底消失在長意面前。

堅冰掩上，漫天風雪間，終於只餘他孤身一人了……

*

圓月如盤，遍照河山。

遠山覆雪，而近處的湖面皆被堅冰覆蓋。冰面在月色下透出幽幽藍光，帶著清冷的美。

湖面上，黑衣人獨自行走，一步一步。終於，他停在了一處，那一處與周圍的冰面沒什麼不同，但黑衣人將手從斗篷中探出，雙手握住一柄寒劍，劍尖向下，狠狠在冰面上一鑿，堅冰應聲而裂。

他退開兩步，看著面前的堅冰慢慢裂出蛛網一般的紋路，露出了下方的湖水。

斗篷之中的眼睛望向湖水深處，在幽深的湖底，彷彿有一絲微弱的光亮一閃而過。

黑衣人眼中光華也因此微微轉動。他收起了劍，沒有任何猶豫，縱身跳下……

「撲通」一聲，黑衣人潛入湖水之中。他往下潛去，速度之快，周圍的水將他戴在頭上的兜帽拉開，露出了他的臉——

林昊青。

在月光所無法照耀的黑暗裡，他向著湖底的微光而去，終於，他的腳踩到了底。

他手中術法一掐，光亮自他指尖亮起，照亮四周湖底的景色，也照亮了湖底被一層層深藍色「冰塊」所包裹的女子模樣。

湖水太透澈，以至於有這麼一點光亮，便足以將她的容貌看清，還有她臉頰上被那藍色「冰塊」一同包裹的「珍珠」。

鮫人淚……

林昊青蹲下身，再次以手中長劍刺向那藍色「冰塊」，劍尖所到之處，「冰塊」裂開，林昊青未停止施力，一直死死往那下方刺去，直到他感受到自己的劍尖刺破所有包裹紀雲禾身體的「冰塊」，觸到她的腹部。再一劍扎下，劍尖微微一頓，似刺入了什麼東西。

他一咬牙，手臂用力，將劍尖猛地拔出。

隨著劍離開紀雲禾的身體，那藍色「冰塊」似有癒合能力一樣，再次封上所有縫隙，不讓紀雲禾的身體接觸到任何周圍湖水。

林昊青將劍收回。此時，在他的劍尖之上，凝著一顆黑色的圓形物體，好似一顆結在紀雲禾身體裡的丹藥。

林昊青將那丹藥收好，負了劍準備離去，眼角餘光再次瞥見了紀雲禾沉靜的臉上，那顆因一點微光就閃出耀目光華的珍珠……

從他的角度看去，這樣的紀雲禾好似永遠都躺在湖底哭泣一樣。

紀雲禾喜歡哭嗎？

從小到大，認真算來，林昊青一次也沒見過她哭。她是個心極硬的人。應當是不喜歡哭的……

湖心島小院被封了，長意再也沒有往那處去。

他搬回了自己應該住的地方，馭妖台的主殿。北境本就事務繁多，而今大批馭妖師又降來北境，更增添了不少麻煩事。

今日又有地牢的看守來報，說林昊青逃了，適時天剛亮，長意揉了揉眉心，擺手讓來人退下了。

空明正巧來了書房，看見疲憊得已經一臉蒼白的長意，張了張口，本想問你幾日沒睡覺了？但又想了想，自己心裡也有了答案。

打從他把紀雲禾封入湖底那一日起，他就沒有閉過眼了。

這個鮫人，一刻也不敢讓他自己停下來。

「林昊青跑了，你打算怎麼辦？」空明開口，最後問的卻是這句。

「抓回來。」

「嗯，還有一事。」空明走上前，將一封信擺在長意的書桌上。他肅容道：「京師的那個公主約莫是真瘋了。」他頓了頓，聲色透涼。「見北伐的馭妖師陣前倒戈，降了北境，她竟當真命人在主要的幾條河流源頭，投放了大量的寒霜之毒。」

此言一出，長意微微閉了閉眼，復而才轉頭看空明。一雙藍瞳，此時因血絲遍布，幾乎成了紫色。眼下黑影厚重，讓他看起來像是入了魔般，有幾分可怕。

「情況如何？」

空明和尚搖頭道：「很不好。河水帶著寒霜之毒一路而行，沿岸有不少毫不知情的百姓飲水。寒霜對普通人無害，卻令不少雙脈之體的幼兒中毒，不幸中的萬幸是，江河之水滔滔不絕，令寒霜之毒毒性稀釋不少，未致人死亡，但卻……也害了他們一生。」

書案之上，長意沉默片刻，握著筆的手微微攥緊。他深吸一口氣，繼而鬆開拳頭道：「這麼多年，你對寒霜毒性有所研究，雖無破解之法，但亦可緩解症狀，你可願南行……」

「我便是來與你說此事的。」空明道：「我欲南行，即刻啟程，哪怕能解一個孩子的苦痛，也好過在這裡空坐。」

長意點點頭道：「嗯，我守在北境，你帶百人南下，救人之時，警惕朝廷之人。」

空明點頭，轉身離開前，身形微微一頓。他看著書桌背後的長意，在他身後，是馭妖台主殿顏色深沉的屏風，他的一身墨衣幾乎也要融入其中，唯有那銀髮與蒼白的臉尤其突出。

「你也歇歇吧。」他終於道：「而今再如何懲罰自己，也無濟於事了。」

空明離去後，空蕩蕩的大殿裡，長意獨坐主位之上。他的筆尖在紙上頓住，不一會兒便暈染了一大片墨跡。

懲罰自己也無濟於事……

他哪裡是在懲罰自己，他明明只是不敢停下。

在他漫長的一生當中，紀雲禾出現的時間那麼短，而他與紀雲禾遇見的時間更是短暫，但就是那麼奇怪。

如此長的生命跨度，對比如此短的剎那相逢，她的耀眼光芒卻蓋過了他過去所有人生，以至於在她離開之後，長意竟然覺得，在自己的呼吸片刻間便有紀雲禾的影子殘存，像一個陰魂不散的鬼魂，時而在他耳邊輕輕呼吸，時而在他眼前輕淺微笑，還偶爾在他閉眼的瞬間笑著喚他長意。

長意，長意……

一聲一聲，笑中似帶嘆息，幾乎將他所有神智都喚走。

長意猛地放下筆，有些忍無可忍地站起身來道：「來人。」

他聲色嘶啞地喚：「今日巡城……」他欲起身走出門去，卻在站起來的這一瞬間，外面陽光照入大殿，長意倏爾眼前一黑，踉蹌一步，幾乎站不穩身子。

直到被他喚進來的僕從扶住了他，他才緩過神來。

「尊主，你已經許久未曾闔眼了，今日便……」

長意擺擺手，從主座的台階上走下。他走在朝陽初升的光芒中，每一步皆如拖著千斤鐵鍊，每一步都讓大腦暈眩，但他還是得走，一直走，不回首，不駐足，因為一旦猶豫了片刻，他便會徹底迷失。

徹底忘記他這副軀殼，到底是為何還在這行走……

*

又是一年春暖花開。

杏花林間一個女童嬉笑著，左右奔走，一會兒在地上拔草，一會兒在樹上摘花。女童雙瞳漆黑，笑聲爽朗，只是頭上冒出的兩個黑色耳朵表明了，她並非普通人類。她脖子上掛著的一顆銀色珍珠在陽光的照射下閃閃發光，更將她的笑容襯得幾分明媚。

「阿紀。」一道女聲由杏林另一頭傳來，一襲藍衣的女子緩步而來。小女童笑嘻嘻地一頭撲在女子身上，咧嘴笑著，仰頭看她，女子戳了一下女童的眉心道：「怎麼是個這麼鬧騰的性子？以前可不是這樣。」

「思語姊姊，妳和師父總說以前以前，我以前到底是什麼樣？」

思語沉默了會兒，隨即道：「妳以前比現在瘦多了。」

「思語姊姊嫌我吃得多？」

「我可不敢嫌妳。」

思語牽起阿紀的手，帶她從杏花林間走過，一直走到杏林深處，那裡有一個破舊的院子。思語帶著阿紀推門進去，裡面院子不大，正好有兩個房間，院中有一顆杏花樹，飄下來的花瓣落在院中石桌之上。

石桌旁，藍衣白裳的男子正皺著眉頭在看書，一邊看，一邊口中唸唸有詞，全然未覺外面兩人已經回來了，直到阿紀跑到他面前，往他膝蓋上一趴，腦袋頂掉了他手裡的書，將手中草編的花環遞到他面前。

「師父！你看，我給你編的花環！」

林昊青看著趴在自己膝蓋上的小女孩，愣了片刻，被鎖在記憶深處的畫面倏爾浮現。他已經記不得是多少年前了。在他尚且不是如今模樣的時候，面前的這人，也如面前這樣，對他笑得燦爛。

林昊青收了手，將阿紀手中的花環接過。

「好看嗎？」

「好看。」林昊青轉頭看了一眼站在旁邊的思語。思語頷首，恭敬地道：「留意了，無人跟來。」

林昊青這才點頭道：「餓了吧，吃飯了。」

一頓飯，阿紀吃了林昊青五十倍的量，桌邊的飯桶沒一會兒便被掏空。吃完一整桶飯，她似還有些餓，思語便將自己碗裡的飯都給了阿紀。她將肚子吃了個渾圓，一吃完馬上打了個呵欠，揉著眼睛道：「師父，我睏了。」

「去屋裡睡會兒吧。」

阿紀便自己回了房間，連門都沒關，在那簡易的床上一頭倒下，登時呼呼大睡。

而神奇的是，便在她睡著不久後，她那吃得渾圓的肚子開始慢慢消了下去。每消一點，她的頭髮便也長了一點，翻身的時候，剛剛還合身的衣服，這一會兒時間便已經露出了手腕和腳踝。

聽著她規律的呼吸聲，思語道：「從內丹化妖形，才十來天，睡一覺便長了個頭，這樣下去，屋子怕是裝不了她。」

林昊青笑笑道：「長到她原來的個頭，便不會再長了。」他重新拿起了書。「而今國師府和北境都欲拿我，帶她出去且小心些。」

「是。」思語答後，頓了頓。

林昊青看著她道：「怎麼了？」

「屬下只是不明白……」思語奇怪道：「當時……紀雲禾身軀剛斷氣之時，主上明明知曉解救之法，卻為何沒有救她？而後又大費周折，將她再從湖底帶走？」

林昊青沉默片刻，目光在書上，思緒卻飄到了別的地方。他想起了那日，在那方小屋裡看到的，紀雲禾枯槁的臉頰……

「她想離開那兒。」林昊青道：「幫她一把而已。」

思語聞言，沉默下來。她默默退到林昊青身後，站在院中，淋著這杏花雨，靜靜陪著他，如影子一般，又度過了一段時光。

第十九章　再回北境

油燈微弱，林昊青左手手指輕輕在泛黃的書頁上摩挲，右手捻著一片輕薄如紙的東西在細細探看。他看得十分專注，忽然，門外響起了輕輕的叩門聲。

他這才將手中的東西卡在書頁裡，將書闔上，貼身放好，邁步走向門邊。還未開門，他便問道：「怎麼了？」

這個時辰來敲他門的，總不會是他的妖僕思語。他拉開門，門口果然站著阿紀。

時間已過了半月，阿紀個頭長得極快，這眨眼間便已是少女模樣，出落得與以前的紀雲禾別無二致，只是神色間少了紀雲禾暗藏的冷硬與果決。

林昊青看著她，她頭髮披散著，手裡還抱著枕頭，因為情緒有些不安，所以頭上毛茸茸的黑狐狸耳朵微微顫抖著。

一個什麼過去都沒有的紀雲禾，心裡想的便會在臉上表現出來。沒有經歷馭妖谷的過去總總，她應當就該長成這般無憂無慮的模樣。

「師父……」她抱著枕頭，不安道：「我又作夢了。」

「先進來吧。」林昊青從門前讓開，阿紀便走了進來，熟門熟路地將枕頭往林昊青床榻上一放，然後坐了上去，將他疊好的被子抖開，裹在了自己身上，然後道：「師父，還是那個夢，我又看見我躺在湖裡，四周都是水，可冷了……」

林昊青在桌前坐下，倒了一杯涼茶遞給阿紀，說：「只是夢而已。」

阿紀接過茶，搖頭道：「不是的，很奇怪……我睡著的時候也會作別的夢，但是……但是不是像這樣的……」

「怎麼樣的？」

「我……我還夢見了一個長著魚尾巴的人，他的尾巴又大又亮，可漂亮了！」阿紀說著，雙眼都在發光。她的神情讓林昊青也瞬間失神，想到了在馭妖谷地牢中初見鮫人的第一面……

著實是一條令人驚豔的鮫人尾……

而激動完了，阿紀又垂下頭，盯著手中茶杯裡的水，有幾分失神。

「但是……他好像不開心。他在我面前的湖水裡飄著，看著我，然後有珠子從他眼睛裡落下來，落在我臉上……」阿紀抬手，摸了摸自己的臉頰，似還有冰涼的觸感在她肌膚表面停留。

林昊青目光微微一轉，看向阿紀頸間的銀色珍珠。

「就像這個！」阿紀也忽然激動地將自己戴著的珍珠取了下來。「師父，你說撿到我的時候，這個東西就在我身上，這到底是什麼呀？」

林昊青輕輕接過阿紀手中的珍珠，將那珍珠鏈子又戴上了她的脖子。

「阿紀，這叫珍珠。這茫茫世間，萬千江河湖海，裡面有許多珍珠，這只是其中最普通的一顆而已。妳的夢也不過只是萬千幻夢中最平常的一個。」

阿紀沉默了片刻，林昊青的回答讓她有些失落。

「只是這樣而已？」

林昊青點頭道：「只是這樣而已。」

阿紀看著他毫無隱瞞的雙眼，兩隻狐狸耳朵失落地垂了下來。

「可是……」她握緊手中茶杯。「為什麼那個大尾巴人出現後，我……」

「啪噠」一聲，一滴水珠落入茶杯。

林昊青一愣，阿紀也是一愣，阿紀抬頭望向林昊青，只見她眼角還掛著一滴未落下的淚珠，在屋內昏黃的光線下，那麼醒目。

阿紀將淚珠抹掉。「我……我也不知道我為什麼會這麼難過……」

林昊青默了片刻，想了許久，終於道：「要吃東西嗎？」

阿紀眨了一下眼睛，剛哭過的眼像被洗過一樣明亮。她呆呆地看著林昊青道：「啊？」

林昊青轉身，在屋裡翻找了一下，遞給阿紀一個果子。阿紀果然不哭了，專心吃著手裡的果子，看她吃東西的模樣，林昊青嘴角微微彎了一下，才又在她面前坐下，道：「我之前……也作過夢。」

「師父作夢也會這麼難過嗎?」

「難過,但比難過更複雜……」林昊青沉默了片刻,出口的聲音又沉又慢。「我夢見我以前很恨的一個人……」

阿紀不是一個好聽眾,她迫不及待地問:「有多恨?」

林昊青看著她,笑了笑。「那人大概是這世上,我最想將其殺之而後快的人吧……」他的回答有些嚇到了阿紀,阿紀眨著眼看他,沒敢搭話,林昊青便繼續道:「可我夢見的這個人,所做的讓我憎惡的一切都是有緣由的。這世上人,不管是做什麼事,大抵都有那麼一兩個不得已的緣由。沒有無端的善,沒有無緣由的惡……」

「師父……我聽不太懂。」

聽到這麼一句回答,林昊青愣了一會兒。

林昊青抬手,摸了摸她的頭。看著阿紀的目光,林昊青忽然覺得,不知道是老天對她垂憐,還是要給她更多磨難,天意讓她一朝忘卻所有,回到最真的她,但他回不去了,也不想再回去。

「總之,師父在夢裡,不管以前對那個人有多怨、多恨,而後都不恨也不怨了,我甚至還要和那人合作,去完成某件事。阿紀,夢裡的一切會過去,夢醒了,便也該讓夢過去。時間在往前走,春花秋月,年復一年,妳也不該總是回頭。」

「但我怎麼控制自己的夢境,才能算不回頭呢?」

「夢裡夢了便也罷，醒了，就不要念念不忘了。」

阿紀沉默片刻，手緊緊將手裡的果子握緊。她下意識地覺得她師父說的是對的，她應該要照著師父的話去做。但是……為什麼一想到要將那個長魚尾巴的人忘了，她就又難過得心口都抽緊了？

見阿紀又陷入沉默，林昊青收回手，故作嚴肅地問她：「妳有這麼多時間沉溺於一個夢境，可見是將我教妳的術法都學會了？」

阿紀一愣，果然被岔開了心神，撓了撓頭道：

「師父，你教我別的術法，都簡單，結印，畫陣，都沒問題的！但是……那個……那個變臉的術法……」阿紀有些不好意思地看了林昊青一眼。「我會是會了，但變了臉總是不自在，情緒一動，稍有不注意，就又變回去了，沒辦法一直保持另一個模樣……」

林昊青這下是真的嚴肅了起來，他道：「其他的術法，妳若能學會自是好，但變幻之術，妳是必須會。」他嚴厲道：「阿紀，這是讓妳以後能按照自己的意願活下去的唯一辦法。妳真實的這張臉，除了我與思語，誰都不能看見。我讓妳牢記的規矩，妳忘了？」

他的嚴厲讓阿紀有些瑟縮。

「阿紀記得……不去北境，不去京師，不以真面目示人，不用雙脈之力……」

見她如此，林昊青情緒微微緩了些下來。「妳是九尾狐，天生便該有九張臉，變幻之術當是妳的看家本領，妳好好練，一定可以控制好。」

阿紀點頭道：「但師父……為什麼我明明是妖怪，卻有馭妖師的雙脈之力啊？思語姊姊是劍妖，她沒有雙脈之力，師父你是馭妖師，但你也沒有妖力……」

阿紀自顧自問著，林昊青不知如何作答。紀雲禾被林滄瀾煉人為妖，擁有雙脈之力，也擁有妖力，而擁有妖力，則必定會凝聚內丹，而妖怪只要內丹不破，則不會身亡。

或許連紀雲禾自己也不知道，在她被煉人為妖後的這麼多年裡，她便自然而然有了兩條命，一個是她作為馭妖師的身體，一個是作為妖的內丹。

所以林昊青在冰湖冰封之中取出她的內丹，根本沒有費多少工夫，將養幾日，便讓她在天地之中再凝成形。

只是這次，她不再是以人的身軀承載妖力，而是以妖的身軀承載雙脈之力。不過，她的記憶便算是徹底留在了那具被冰封的身體之中。

但這些話，林昊青沒辦法與如今的阿紀解釋，因為一旦他說了開頭，便又將面臨著一大堆的「為什麼」，而這些過去，林昊青並非懶於解釋，只是認為——既然新生，便徹徹底底地新生，那些繁雜的過去，就都拋下吧。

是以，林昊青在良久的沉默之後，輕聲道：「阿紀，不回頭。」

＊

大半個月過去。

院裡的杏花已經掉得差不多了，樹枝開始冒出新芽。阿紀終於不再瘋狂吃飯長個頭，也終於可以好好控制自己的變幻之術了。

而阿紀沒想到，當她用變幻之術呈現出完美的男兒身，站在林昊青面前時，林昊青說的第一句話竟然是：「也好，也該離開了。」

於是思語一言不發地轉身收拾了東西，當即便給了阿紀一個包袱，道：「阿紀，妳該南下了。」

阿紀接過思語手裡的包裹，有些不解。她看看包裹，又抬頭看看林昊青與思語，隨即變回了自己的模樣，還沒開口說話，便見林昊青眉頭一皺，她會意，立刻又變回了男兒身，撓頭有些不解地道：

「師父，你們不跟我一起嗎？」

「我還有沒做完的事，以後便不與妳一起了。」林昊青看著阿紀呆愣的臉道：「記著我與妳說的話，北境、京師都不可去，不得以真面目示人，不得用馭妖師之力。」

阿紀點頭道：「我都記得的，但是……師父，為什麼不讓我和你們一起？」

思語輕輕摸了下阿紀的頭說：「我們非要拋下妳，只是我們要去的地方，妳不能去。」

阿紀不解：「我不能去？那你們是要去北境還是京師？」

林昊青道：「妳不用知道，拿好行李，南下吧。」

「我……」阿紀抱著包裹，更加無措起來。「可是我該去哪兒……該做什麼……」

林昊青走上前，抓著阿紀的肩，將她的身體推去面對大門口。林昊青在她身後推著她向前走，一直走到門邊，而後不由分說地，放在她背上的手一用力，輕輕一聲響，她被推了出去，而也是在推她出去的這一瞬間，阿紀聽見林昊青在她耳邊低語道：

「妳總會找到要去的地方，還有想做的事。」

聲音沒有起伏，還是如平時一般嚴肅，但阿紀卻倏爾感受到了幾分溫柔之意。

當她著急地轉頭，想再看林昊青一眼，身後「砰」的一聲，院門已經關上。

阿紀鼻尖碰在髒兮兮的院門上，觸了一鼻子灰。

阿紀抱著包袱，呆呆地在門口站了許久。她心裡還是有些不安，反覆思量著，難道是最近自己哪裡行差踏錯，惹林昊青不開心了？

她在門口蹲了半日，但半日後，她再敲門，屋裡已經沒了回應的聲音。她厚著臉皮，推門往裡面一闖……

院中清清冷冷，地上落的杏花無人掃，庭院間一片蕭索。

不過半天的時間，院裡已經人去樓空。

她在院中待了一會兒，只得轉身啟程，走出小院，走過杏林。當她踏出杏林的那一刻，身後杏林倏爾化為飛花，簌簌而落，被風一吹，穿過她的髮間，向長空去，隨即化為無形。阿紀轉頭一看，身後哪還有什麼杏花林，陽光之下，這裡不過是一片普通不過的荒草之地。

忽然之間，阿紀心頭一空，心底便也似長了幾寸荒草一樣。她忽然感覺自己成了一個沒有根的浮萍，一無所知地從虛空裡走出，沒有父母，沒有過去，一身的祕密無法得到解答，這世間，她莫名地來，莫名地長大，又莫名地回到了一個人的孤寂……

沒有人依靠，她咬咬牙，只得獨自踏上南下之路。

但願這一路南下，還能見更多繁花。

南方已經回暖，但北境依舊苦寒。

而在這馭妖台裡，北境尊主的房間更比外面的冰天雪地寒冷。冰霜在他身上凝結，自他身上蔓延至床榻，一直到殿內的地上與牆上，皆覆蓋了滿滿的寒霜之氣。

外面倏爾傳來敲門聲。

躺在床榻上的銀髮鮫人眼瞼動了動，猛地睜開眼睛，一雙藍色的眼瞳失神地將天花板望了一會兒，直到外面敲門聲再次傳來，他才緩了緩情緒，捂著頭坐起身來。

「進來。」他開了口，外面的侍從才推開門。一時間，屋內的寒氣湧出，侍從在踏進來的瞬間被凍得渾身一抖，又恰巧一腳踩在結了冰的地面上，登時狼狽摔倒，在地上東倒西歪，宛如耍雜技一般掙扎了許久，才終於穩住身子，跪在地上，一動不敢動。

侍從出了糗，悄悄瞥著長意，一聲不敢吭。

這北境的尊主自離開湖心小院之後，身上寒氣越發厚重，脾氣也越來越讓人難以捉摸。換作以前，空明與洛錦桑還在，見侍從出醜，多半是要笑上一會兒，他們便也沒有那麼心驚膽戰，而今……

長意一言不發地瞥了跪著的侍從一眼道：「什麼事？」

「回尊主，空明大師從南方傳來消息，說受寒霜之毒影響的人甚多，他或許要耽誤回北境的時日了。」

「嗯。」長意應了一聲。

侍從為了不再摔倒，跪著趴在地上往外退。長意倏爾開口道：「明日你不用來了。」

侍從一愣，戰戰兢兢應了聲是，連忙退了出去。

他走了很遠，出了好幾個門，這才與相熟的侍從交頭接耳道：「還說北境比京師好待呢，我看咱們是來錯了地方，這個尊主不比順德公主好伺候，也是個陰晴不定的主。」

「不應該啊……聽說這北境尊主以前不是這樣的啊……」

「出了那湖心小院便如此了，也不知道是中了什麼妖邪術法。你看這每一日，殿裡面都冰天雪地的，還不如讓我在外面站著吹冷風呢。明日不讓我伺候他了，正好正好，這條命算是保住了。」

「唉……」

他們自以為自己的抱怨無人知曉，殊不知這些話語卻一字一句傳入了長意的耳朵裡。

長意聽著這些話，心底並無任何感覺，他覺得他們說得對。

他的脾氣，他自己也越來越無法控制了。他看著這人世，便如同看著一片荒草一般，枯寂無聊，看著那些人臉，也如同看牲畜一般，沒有絲毫觸動。

他知道自己對這人間越來越沒有興趣，只因為他所有的執念和頑固，都已用在了一個人身上，而那人將這些都帶走了……

長意看著自己的手，指尖蒼白。他喘出的每一口氣，都在寒涼的空氣中捲出白霧。

冰封紀雲禾之後，他的身體就慢慢變成這樣了。長意知道，是他在紀雲禾身上留下的印記在讓自己受這苦楚。他在紀雲禾耳朵上咬的那一口，是鮫人給伴侶的承諾，這會建立他們兩人之間的無形連繫。在她活著的時候，這印記能讓他感知她的所在。

而當她死了……

鮫人一生都活在海裡，所以當鮫人身亡之後，便如同陸地上的妖怪身亡一樣。陸地上的妖怪身死，化為無形，如粉末一般在空中消散，越是力量精純，越是消為無形，或成一抔土，或直接在空中消散。

而在海中的鮫人亦是如此。他們的力量來自大海，所以身亡的那一刻，周身力量也都還於大海。他們會化作海中的泡沫，在無形中消散。

紀雲禾雖然不是鮫人，但她被他打上了鮫人的印記。只要長意將紀雲禾的屍身放入大海，海水便會奪去她身上的鮫人印記，或許還會將她化為泡沫。而只要印記消失，長意便不必再受這冰霜之苦。

但他不願意。

他以層層寒冰封住紀雲禾屍身，將她沉在湖底，便是不願斬斷他們之間最後的連繫。

紀雲禾可以走，可以放手，可以自由。

他不可以。

他偏執地要抓住這一絲毫無意義的連繫，不理智，不明智，甚至可以說是有些不管不顧，只因……

這周身的寒冷，讓長意在夜深人靜的夢裡，好似能躺在與她同樣的冰湖裡，還能聽見她在他耳邊啞聲低喚：「長意……長意……」

只要有他臆想出來的這熟悉感觸，便足以支撐他在一夜比一夜更涼的刺骨寒冷中入眠。

長意走下床榻，腳踏在冰冷的地面上。他面上沒有任何表情，一步一步往前走，走出屋外，日光傾灑，照在他身上，他卻未感覺到一絲一毫溫度。

這渺渺人間、山川湖海，在他眼中都已甚無趣味。長意忽然想起，很久之前聽過，國師府的那個大國師，要為天下辦喪……

為天下辦喪……

大抵也是他這樣的感覺吧。

因為再無法感受這世界的美好與有趣，所以蒼生傾覆、天地顛倒，也都與他不再有關。

「尊主。」又有其他侍從走上前來。長意轉頭看他，他這張臉與之前那個侍從的臉，在他眼中看起來，都差不了多少。侍從道：「前一陣子降於北境的馭妖師盧瑾炎與在北境的蛇妖發生了衝突，兩人動手，引起了馭妖師與妖怪的一次爭鬥，而今爭鬥已然平息，但雙方仍心懷不滿。尊主，馭妖師與不少妖怪而今都在我北境，此前人少，眾人也算齊心，而今從四方馭妖地降來的馭妖師卻……」

「殺掉吧。」

長意淡淡吐出三個字。

來人一愣道：「尊……尊主？」

「鬧事者，誅。」長意落下這話，轉身便走了，徒留侍從在原處呆呆看著長意的背影，一臉錯愕。

阿紀帶著自己的包裹，用變幻之術化成了男兒身，一路南下。一開始，她以為自己好一段時間都會茫然無措或者不適應，但沒想到，她的適應力總是超乎自己的想像。

在山水間走過，她發現自己意外地喜歡這樣的生活，不求得，不畏失，天地之間，只有她一人任逍遙。

也是離開了那杏林之後，阿紀才發現了真正的自己原來這麼喜歡藍天，喜歡豔陽，喜歡暖風徐徐，喜歡在溪水裡抓魚，也喜歡吃飽之後躺在草地裡，一睡一整天。

前些日子那些被林昊青丟下的悵然與不快也都釋懷了，她覺得林昊青最後和她說的那句話很對，她會找到自己想去的地方，也知道自己該做什麼事……

是日，豔陽高照，阿紀在小溪邊走著，忽聽前方傳來了女子的哭聲。

阿紀一愣，連忙跑上前去。

前方溪邊，一個母親抱著渾身烏青的孩子，哭得撕心裂肺。

「怎麼了？」阿紀連忙詢問。孩子母親沒有回答她，阿紀低頭探看，只見孩子周身冰涼，渾身皮膚都是極不自然的烏青色。阿紀眉頭一皺，將孩子手腕一握，發現孩子體內隱隱藏有雙脈。

竟然是個有雙脈之力的孩子……

「他中毒了……」母親哭訴著：「這水裡都是毒呀！」

阿紀轉頭看了一眼溪水，她也日日喝著溪水，卻未曾這樣。她握著孩子的脈搏，眼見氣息越發微弱，皺起了眉心。她該幫他護住心脈，但孩子有雙脈之力，她萬萬不能用妖力灌入他的體內。林昊青之前與她說過，尋常人只有一股力量，這世上沒有其他人像她這樣，所以她要藏好自己，不能動用自己的馭妖師之力……

但是……

難道要眼睜睜看著小孩送死嗎？

忽然間，小孩渾身微微抽搐了兩下，小小的身軀在無助的母親懷抱裡顯得更加可憐。阿紀沒再猶豫，握著他的手掌，便將自己的力量灌入了孩子身中。

沒一會兒，小孩的抽搐微微停歇，氣息也漸漸平穩下來，這一身烏青雖然沒有消退，但他慢慢睜開了眼睛。

「睜眼了！」母親破涕為笑，對著孩子，不停摸著探看。「沒事了，孩子沒事了，阿娘在，阿娘在。」

阿紀退開兩步，看著欣喜得也像個孩子一樣的母親，唇角微微勾起了笑容。

入了夜，阿紀跟著母子兩人來到他們暫時棲身的小破廟裡。

母親稱他們是從家鄉逃出來的，孩子的父親已經去世，她看著睡著的孩子，抹淚道：「孩子生下來，大夫說他有雙脈，我和他爹連夜帶著小安就逃離了家鄉，為了不讓他被抓到那四方馭妖地裡去……」

火光搖曳，阿紀看著母親略顯滄桑疲憊的面容，恍惚間，腦中有一道畫面閃過，也是一對父母帶著自己孩子倉皇逃走的畫面……

「小安爹早年被官兵抓住，殺了。而後我就帶著小安躲在山裡，東躲西藏，就盼著那大國師死了，朝廷倒了，我們也就不用躲了。好不容易等到北境起兵，但哪曾想京城裡的公主竟然把毒都投在了江河裡。我讓孩子不要喝河裡的水，每日接了露水，還有下雨接點雨水給他喝，但那哪夠，孩子口渴，實在受不了了，趁我沒注意，趴在溪裡喝了水……我寧願他喝我的血，也不要他為喝一口水變成這模樣……」

阿紀聽得心驚，對這母親口中的公主更是直覺地起了厭惡。

「那公主怎麼如此喪心病狂？」

女子搖頭道：「那公主再如何做，我們也只得自認倒楣，我想帶著孩子去北境，倒不是為了什麼，只是那裡冰天雪地，至少有口乾淨的水喝。」

阿紀聞言，沉默片刻，點點頭道：「阿姊，妳莫傷心，明天早上我陪妳去接露水。」

女子看著她道：「多謝小公子了，今天也是多虧了你……」

「沒有，阿姊，妳答應我，明日離開這兒，之後便將我忘了，千萬別記得此事。」

「我知道的，人人都有自己的難處，公子救了我孩子，我絕對不給公子添亂。只是不知這深山老林的，公子若是也要躲避什麼，不如和我們娘兒倆作個伴，一同去北境？」

阿紀擺手道：「不了，我還要去做別的事。」

翌日，阿紀與母子兩人分道揚鑣。她順著溪水而上。她答應了林昊青，不去北境，不去京師，但她可以在自己力所能及的範圍之內，去做點什麼。

比如找到這溪水的源頭，至少想想辦法，讓喝了這條溪水的雙脈小孩不再中毒。

阿紀順著這條溪走了兩天，入了一座大山。她找了個地方睡下，想等明天天亮再探看一下溪水的源頭。

而這天夜裡，她聽見山的背後傳來一陣陣搜尋時的喝斥之聲。她在樹上睡著，坐起身來抬頭往遠處一看，便看見不少人舉著火把，在山林間尋找著。

阿紀心裡奇怪，翻身從樹上跳了下來。而她這方剛一落地，忽然聽見旁邊草叢裡傳來一聲驚呼。她往旁邊一看，月光之下，一個一襲白衣的少年滿臉狼狽地摔坐在了草叢裡。

她眨著眼看了少年兩眼，一字都還未說，少年忽然蹦起來將她的嘴捂住道：「噓！」少年驚慌道：「別說話！」

阿紀不驚不懼，依舊眨著眼看他。他的手將她的嘴捂得很緊，接觸之間，她察覺他體內的雙脈……一襲白衣的馭妖師……這白衣的衣料還如此好……

阿紀回想著林昊青讓自己看過的一些書，心裡犯起嘀咕。

而少年確認了她沒有要驚叫的意思，才顫巍巍地放開手道：「你別怕，我不傷害你。」

「你是國師府的弟子嗎？」阿紀問，只一句話，又重新讓少年警戒起來。他退開兩步，背抵在樹上，戒備又驚懼地盯著阿紀。

「你……你是什麼人？你是來抓我的嗎？」

阿紀沒有回答他，動了動鼻尖。她嗅到了一絲血腥的味道。她轉眼一看，少年的左手手臂衣袖破開，手臂上好長的一條傷口還在滴滴答答流著血。

「我不是，但是那些人為什麼要抓你？」阿紀打量著他。「是不是你在這條溪的源頭投毒？」

少年連連搖頭道：「不是我！我……不……也算是……」少年靠著樹，好似再沒有力氣支撐自己的身體似的。他無力地坐下，雙目失神。「我……和我師兄受命前來，我在來的路上看見中毒的小孩……他渾身烏青……我……我不想執行任務了，但師兄……師兄還是把寒霜投入了溪水裡，後來北境的人來了……師兄被他們殺了，我逃到這裡來……」

他說著，有些語無倫次，好似這一天已經受了足夠多的驚嚇。

他抓著頭髮道：「我也不知道該怎麼辦，為什麼……為什麼會這樣……」少年情緒有些崩潰。「我也不想害人，我也不想死……」

這個少年，不過十五六七的年紀，阿紀看著他，審視著他，而後相信了他。她下定決心，蹲下身來，對少年道：「我不抓你，你走吧，後面的人來了，我幫你糊弄過去。」

少年抬頭看她，滿眼血絲，蒼白疲憊的臉上全是不敢置信地道：「我……我是國師府的弟子……現在外面的人都想殺了我們……你，你要幫我嗎？」

「走吧，別和我閒扯了，他們要追來了。」

少年這才回過神來似的，他看著阿紀，扶著樹，撐著身子站起來說：「我……我叫姬寧，我師父是國師府姬成羽……」

姬成羽……

阿紀眉頭一皺，倏爾覺得這名字莫名熟悉。

少年未察覺到她的情緒，繼續道：「你……你叫什麼名字，若日後……」

「還想有日後？」

一聲冷笑自身後傳來，少年看著阿紀身後，登時臉色蒼白。

阿紀聞言微微轉過頭來，看見身後站著的壯漢雙手拿著一把巨型大斧，盯著阿紀與姬寧道：「國師府的走狗，休想逃走！」

少年腳下一軟，再次摔坐在地。阿紀此時卻站起了身來，擋在姬寧面前。

月色之下，她眸眼中有點漆之光。「他不過是被逼至此，豈須趕盡殺絕？」

「哼，哪來的臭小子？休要擾大爺辦事！」他說著，腳下一蹬，手持巨斧徑直衝阿紀奔來。壯漢每踏一步，大地好似都震顫了一番。他一聲大喝，衝到阿紀身前，舉起手中大斧，狠狠劈砍而下。

阿紀眸中光華一動，眉眼一凝，一抬手，「砰」的一聲頂住壯漢的手腕，手掌與壯漢手腕相接，氣浪蕩出一丈餘，震顫四周樹木。

阿紀抓住他的手腕，壯漢面上神色漸漸從吃驚、掙扎變成痛苦。

阿紀的手看似輕輕一推，那來勢洶洶的壯漢便連連退了三步，右手登時再握不住手中巨斧，手一垂，巨斧落在地上。

壯漢不甘地抬頭盯著阿紀，阿紀身後的姬寧也是一臉震驚。

只有阿紀一人還是一張平靜無波的臉，道：「跟你說了他是被逼的。殺人前，能不能講講道理？」

「你也是妖怪？」壯漢緩了片刻，終於站起身來，盯著阿紀。

阿紀沒有否認。

談話間，山下火光更近，不少舉著火把的人翻上山頭，眾人手中火光將方寸之地照得猶如白晝。

阿紀眸光一轉，看向四周，粗略一數，大概有二十來人。阿紀心想，她不清楚他們的底細，還得帶著身後的人走，又要注意自己的變幻之術不露破綻，最重要的是，還不能催動身體裡的雙脈之力……

這一打，慌亂起來，說不定會露餡……

得跑。

阿紀掃了一圈包圍他們的人，人群中有馭妖師，也有妖怪，可見大家平時關係並不緊密，配合得並不好，阿紀很快便找到了他們包圍網裡的破綻。

林昊青只教了她一些陣法術法，並未教她這些東西，但她好像骨子裡已經把這些都記熟了一樣，權衡利弊，分析局勢，做出決斷，最後執行它……

眼前的壯漢也緩過了勁兒來，握住受傷的手腕站起身道：「小子，不管你是什麼人，老子奉勸你一句，我北境要抓的人，你休想帶走，這閒事你最好別管！」

「我不喜歡管閒事。」阿紀道：「管的是人命關天的事。」

她話音一落，在所有人都準備不及的時候，一把拉起身後錯愕的少年扛在肩頭，健步如飛，徑直朝無人站守的一方破綻衝去。有兩人見狀，手來攔，阿紀不由分說，腰間短刀出鞘，以刀背鈍擊來人手肘，短促的兩聲輕響，那兩人如遭重擊，整條手臂登時痠麻不已，再難抬起。

阿紀趁機扛著少年縱身一躍，竄出樹梢，腳尖踏過樹梢枝頭，身輕如燕，似要奔月而去。

她回頭看向身後，樹影重重下，所有人的面目都變得模糊。她笑道：「人帶走了……」便是這得意的剎那間，阿紀頭頂忽然一片陰影罩來，她抬頭一看，只見一個巨大的缽遮月而來。她瞪大了眼，要調頭跑走，可哪還等得她跑，那缽立即扣下。

「哐」的一聲，猶如敲響了巨鐘，聲徹林間，夜鴉盡數被驚起，撲騰飛遠。

阿紀與姬寧都被扣在了巨大的缽裡。

前來圍剿的人這才急急忙忙追了過來，眾人看著大缽，還在撓頭，一人倏然從林間另一頭走出。壯漢見狀，立即頷首行禮道：「空明大師、洛姑娘。多謝二位幫忙了！」

「老遠就聽到這邊的聲音了。」洛錦桑從空明和尚身後走了出來。她敲了敲缽。「大禿驢的法器，抓人還是挺好用的吧。」

缽體之中一片黑暗，阿紀與姬寧被困住，他們聽不見外面的聲音，但敲缽的聲音傳到了裡面，不停迴響，讓兩人頭暈腦脹，一時之間只想捂住耳朵，什麼也做不了。

外面洛錦桑敲了兩下，便也收了手，好奇地問面前的壯漢：「你們抓的是什麼人啊？」

「是一個國師府的弟子和一個不知名的妖怪。」壯漢妖怪答道：「此處是去北境必經之路，順德公主於江河之中投入寒霜之後，不少帶著雙脈之子的人從此處路過，去往北境，然經過這裡之時，多人中了寒霜之毒。後來我們發現，有國師府的弟子在溪水源頭投毒，今日斬殺了一個，跑掉了一個，這裡便是跑掉的那人。」

「國師府弟子？」空明挑眉。「呵，大國師真能由著那妖女折騰，這樣喪心病狂的做法，也讓門下弟子來做……」

「是，這兩年國師府人手不足，好似大國師手下的弟子也開始收徒弟了。先前我隱約聽聞，這是大國師座下弟子姬成羽的徒弟。」

空明聞言，眸光微微一動，看向缽體。

「哼，這些傢伙壞到骨子裡去了！」洛錦桑狠狠一拳砸在缽體上。

「嗡」的一聲，讓外面的人也覺得耳朵稍有不適。空明瞥了她一眼。

「行了，人也抓住了，剛那一下夠他們受的，大禿驢你把東西收了，咱們繼續走吧，還有不少孩子要看病呢。」

洛錦桑轉身便走，空明掐了個訣，巨大的缽慢慢變小。他沒有看旁邊的人，只淡淡吩咐道：「國師府的弟子別殺了，帶回北境去，關起來，看能不能問出什麼消息來。」

壯漢一愣，素聞這空明大師也是個心狠手辣的人，嫉惡如仇，見惡便斬，今日，竟然想留這人一命。他不便多問，只點頭應好。

而這邊他話音還未落，空明的缽剛剛變小至離地幾寸，忽然之間，一陣氣息暴漲，徑直將缽體震開。

眾人霎時被一陣滿帶妖氣的黑風吹得下意識護住眼睛，空明反應極快，手中禪杖一轉，瞬間結了個陣法擋在面前，妖氣未震盪他分毫。他眯眼看著一片黑氣彌漫之中的人道：「狐妖？」

阿紀周身黑氣彌漫，將她與已經被震暈過去的姬寧護在其中，待得金缽被彈開，她周身的黑氣也慢慢消散。

空明盯著她，瞇眼打量。

黑氣也從阿紀眼前散開。她看著站在對面的空明和尚，倏爾微微一陣頭痛，腦中又是一陣混亂的畫面飛過，但她什麼都抓不住。

而就在她愣神的這一瞬間，她倏覺後頸一涼，往身後看去，卻什麼人都沒有，緊接著，一陣暈眩感傳來，她驀地倒在地上，昏迷過去之前，她看到先前離開的女子，身影陡然在她身邊顯現……

隱身……

這個女子……會隱身？

未來得及再多想，阿紀便徹底昏迷了過去。

看她閉眼，洛錦桑拍拍胸脯道：「還好我沒走遠，這妖怪還挺厲害的。」洛錦桑蹲下身來，將她覆蓋在臉上的頭髮撥了撥。「看起來也不像是這個小馭妖師的妖僕啊，他為什麼要保護他？」

空明走近，抬手握住了阿紀的手腕，捏了片刻，又放開。

「確實是個挺厲害的妖怪，將他也一併帶回北境吧。」

＊

阿紀再醒過來的時候，發現四周是陰冷至極的地牢。

她揉了揉太陽穴，坐起身來，一下就反應過來自己被抓了。她一個激靈，首先摸了下自己的胸，再摸了摸自己的頭頂……還好，最後一刻還是保住了自己的變幻之術，沒有露出破綻來。

她鬆了口氣，這才開始靜下心來打量周圍環境。

眼前是寒鐵柵欄，身側是將溼氣都結成了冰的牆壁，她摸了摸牆，倏爾覺得這被關押的感覺……竟然也有幾分熟悉……

她再一轉頭，微微一愣。

這旁邊，竟然還有一個人……

準確地來說，是兩個。

姬寧被仍在角落裡，現在還暈著，而另一個人，穿著一襲破爛的粗布衣服，靠牆坐著，歪頭打量阿紀。

阿紀看著他，他也不說話。阿紀向姬寧走去，摸了摸姬寧的脈搏，確認他還活著後，這才轉頭對那一言不發的男子道：「你也是被抓來的國師府弟子？」

男子這才將手一抱，說：「老子是你大爺。」

阿紀轉頭看了看四周。「牢裡的大爺？」

男子面色一青。適時，對面牢房中傳來一聲怪笑，似男非女的聲音傳來：「小兄弟，這位大爺不日便要被砍腦袋了，你且讓他再得意一兩天吧。」

阿紀看向對面牢房，一個難分性別的蛇妖像沒有骨頭一樣掛在對面牢籠的欄杆上。他雖長了張人臉，但舌頭還是蛇的模樣，說著話，便吐了吐蛇信。

「你娘的，你不是隔日砍頭嗎？」男子一聲怒叱，站起來便狠狠一拳砸在牢門上。「不是你找事，老子會跟你打起來？能有這事？要死一起死，他大爺的老子怕誰？」

對面的蛇妖依舊妖嬈地吐著蛇信說：「盧瑾炎，事到如今，你也就只能衝著我逞威風，你有本事，去與那鮫人威風去呀。」

蛇妖說到此處，正戳中了盧瑾炎痛處。他倒沒有再罵娘了，只是氣悶地回過頭來，在牢裡焦急走了兩圈，最後找了個地方蹲下。

他悶聲道：「早他娘的知道這北境鮫人也是這狗娘養的德行，老子便也不該陣前降來北境。他奶奶的，這作風和大國師還有京城那個什麼狗屁公主有什麼兩樣？」抱怨了兩句，他又站起來，狠狠踹了一下牢門，指著對面的蛇妖繼續罵道：「你們這些妖怪就是他娘的不可靠！就該給你們治著，還當什麼尊主？給你們臉了！且看老子死了，這世道怎麼個亂法吧！都他娘的是王八，誰都不省心！誰也不讓誰有好日子過！」

阿紀望著他，除去他連天的髒話，這才將他話裡的意思理了出來。

「那個北境的尊主，因為你們打架就要抓了你們砍腦袋？」

「對呀。」對面的蛇妖搶先答道：「咱們妖怪呀，和他們馭妖師是宿敵，這都混在北境這麼一塊地方了，誰能給誰好臉色呢？那鮫人呀，是拿咱們殺雞儆猴呢。」

「你他娘的才是雞！」

阿紀在他的咒罵聲中摸著下巴琢磨：「那鮫人將我和這小子放到和你們一樣的牢裡，是不是意味著，他也要砍我們腦袋？」

蛇妖怪笑了兩聲：「這小夥子可終於反應過來了呀。他是國師府的弟子，你是幫著國師府弟子的妖怪，你們被抓回來，可不也是雞嗎？」

阿紀不樂意了：「那不行。我不樂意作一隻雞。」

「怎麼？這北境的地牢，現在可跟京師天牢有得一拚，你還以為你能逃出去？」

阿紀笑笑道：「反正都是要被砍腦袋的，能逃出去，為什麼不拚命試試？」

此言一出，盧瑾炎與對面的蛇妖都陷入了沉默。兩人相視一眼，皆看向了阿紀。

第二十章　改變

陰冷的地牢裡，兩名獄卒提著大刀巡邏了一圈，剛拐了一個角，要走到最裡面的兩個死囚牢籠。忽然間，裡面傳來犯人的驚聲呼叫。

「哎哎！蛇妖跑啦！蛇妖跑了！」

兩名獄卒聞言，心頭一驚，對視一眼，只道那是尊主點名要斬的人，若讓他跑了，必定要受重罰。

兩人立即追了過去，但見兩間相對的牢房，其中一邊關著三個人。那國師府弟子還在昏睡，另外兩個人一臉焦急，盧瑾炎破口大罵：「這些他娘的妖怪好生狡詐！」

阿紀則指著對面的牢籠大叫：「快呀！快去抓呀！那蛇妖挖地洞跑了！」

獄卒連忙往對面一看，黑漆漆的牢籠裡，果然不見蛇妖身影！兩人登時慌張起來。

「挖地洞？」

「對呀！就是那角落！看見沒，那裡面，好像還有點光透出來呢！」阿紀指著角落，焦急地喊著，說得有模有樣。「不能讓他一個人跑了！把他抓回來！要死一起死！」

兩個獄卒之一掏出了牢籠鑰匙，將蛇妖牢房的門打開，試圖進去探個究竟。

而就在他開門的這一瞬間，漆黑地牢的天花板上忽然垂下一條蛇尾，將他脖子一捲，往旁邊一甩，那獄卒當即昏死過去。蛇妖身形如電，在另一人要大聲喝斥之際，口中蛇信吐出，纏住那人的臉，緊接著，好似是用蛇信將自己整個身體拉過去一樣，他撲到那人身上，整個身子如無骨一般纏上那人，嘴巴張大至不可思議的程度，好似要將那人從頭吞下。

「啪！」一塊冰塊砸在蛇妖腦袋上。阿紀叱道：「你還有時間吃人呢？弄暈了事，還不把鑰匙拿過來開門？」

被關在玄鐵牢籠裡的阿紀用不了法力，這冰塊倒是沒將蛇妖砸出什麼毛病，只是要讓他清醒過來。蛇妖轉頭，看向牢裡的三人，最終目光落在盧瑾炎身上。他倏然一笑，鬆開面前的人，將獄卒的鑰匙撿了起來。

阿紀與盧瑾炎都眼巴巴望著他，卻見那蛇妖手一抬，將鑰匙掛在了對面的牢籠大門上。

盧瑾炎的面容一青。「你他娘的什麼意思？」

蛇妖得意地一揚下巴，扭著尾巴便往外面去。

盧瑾炎氣得雙目怒瞪。「你回來！娘的！你這孫子！你回來！」

而相較盧瑾炎的氣急敗壞，阿紀卻顯得尤為安靜，只對盧瑾炎道：「去幫我把國師府的少年弄醒，弄不醒就揹起來。」

「揹個屁！這蛇妖都自己跑了！把鑰匙就掛在那兒！你拿得到嗎？你拿得到嗎？娘的！我就說這些妖怪不可信！」

阿紀淡定地揉了揉耳朵道：「他會回來的。」

阿紀聲音不大，卻清晰地傳到了煩躁至極的盧瑾炎耳朵裡。阿紀轉頭看他，面容沉靜。

「去把姬寧叫起來。」

盧瑾炎愣了愣，只覺得自己暴躁的怒火在阿紀的冷靜面前顯得幼稚又無用。

他撓了撓頭，依言走到後面，拍了拍姬寧的臉。姬寧緊閉的眼動了動，眼看便要睜眼，正巧，牢外又傳來「窸窸窣窣」的聲音。是那逃走的蛇妖尾巴在地上拖的聲音，而這聲音，比他方才走時要顯得匆忙很多。

不一會兒，那蛇妖便急匆匆趕了回來。盧瑾炎把清醒過來的姬寧拉起來，轉頭便看見慌慌張張退回來的蛇妖。

「嘿，還真讓你說準了。」盧瑾炎笑了出來，盯著牢外的蛇妖。「你走呀？你怎麼不走了？」

阿紀也抱手看著蛇妖，卻見他乖乖地將對面牢籠上掛著的鑰匙取了下來，哆囉哆嗦地將阿紀這邊的牢門打開，道：「快快快，好多人！」

盧瑾炎架著還有些暈的姬寧從牢中走出去，一踏出牢門，前方地牢轉角處便傳來急促的腳步聲，聽聲音，不知道這蛇妖引來了多少獄卒。

盧瑾炎氣得咬牙，瞪著蛇妖說：「讓你這孫子先跑！」

「你們出去也一樣得遇到。」蛇妖也有些急了。「這地牢裡到處都是獄卒，光是打開這牢籠的門根本就出不去，我們真是想得太天真了！如今，我們逃出來的事已經被知道了，看來今天是走不成了。」

盧瑾炎咬牙，看向身後的阿紀問：「怎麼辦？你鬼主意多，快想想法子呀！」

阿紀這才從牢門中踏出來。她瞥了蛇妖一眼說：「我之前說，咱們配合，幫你打開牢籠的門，然後你再來開我們的門，這樣我們才能出去。我可沒說你一個人就能出去。」

蛇妖嗤笑：「怎麼？你是覺得加上你們三個，咱們就可以強行闖出去了？」

阿紀望著他，也笑了：「不是加上我們三個，是加我一個就可以了。」

話音一落，阿紀周身黑氣如煙似霧飄散出來，蛇妖與盧瑾炎初見妖氣，登時一愣。

阿紀不再看他們，一轉頭，面前轉角處已經有其他獄卒提著大刀而來，來人大刀劈砍而下，撞在似雲霧一樣的黑色妖氣上。這明明是霧氣，卻讓來人猶如砍到了鋼鐵之上一般，鏗鏘一聲，刀刃徑直缺了口。

獄卒雙目驀地一瞠，那雲霧一揮，似戲子的水袖，只輕輕一舞，獄卒頓時被一股巨大的力量推開，一連撞倒後面追殺而來的七八名獄卒。狹窄的地牢甬道裡，霎時倒了一地的人。

阿紀周身霧氣飄舞，漸漸在她身後凝聚成了三條尾巴。

男子的面容是她的第三張臉，她現在也只有三條尾巴的力量，但阿紀知道，對付這些獄卒，已足夠用了。

之前林昊青在那杏林小院裡便告訴過她，她很厲害，但阿紀對自己究竟厲害到什麼程度，其實並不了解，只是上次在山頭溪水源頭處，與那壯漢妖怪交過手，方知三條尾巴的自己對上這樣的妖怪，大概能一口氣打倒十個。

而後被那缽罩住，本是意料之外，從缽中逃出後，對上那和尚，若不是腦中倏爾痛了起來，令她分了心神，她也不至於那麼容易就中了別人的計……

「走吧。」阿紀轉頭，看了兩人一眼。

蛇妖與盧瑾炎都呆呆看著阿紀。

「乖乖，你竟然這麼厲害？」盧瑾炎心驚。

蛇妖也眨了一會兒眼睛，道：「你既有這本事……說個大逆不道的話，要不，你乾脆直接殺到主殿上殺了那鮫人，自己當北境尊主吧？」

「你們跟鮫人交過手呀？」兩人搖頭，阿紀笑道：「那你們怎麼知道我一定打得過他？我可不去送這死，北境我不待，出去了咱們分道揚鑣，我還得回南方。」

有阿紀在前面，後面跟著的幾人，逃獄逃得堪稱正大光明。在支援趕來之前，幾人已經離開了地牢。

一路奔逃，入了北境的森林之中，阿紀收了尾巴，將清醒過來後就是一路狂奔，奔得一臉茫然的姬寧拉了過來。

「接下來咱們分開逃吧，再一起走，目標太醒目了。」

盧瑾炎抱手一拜：「大恩大德，沒齒難忘。你和別的妖怪不同，我盧瑾炎記住你了。」

蛇妖白了盧瑾炎一眼，只對阿紀道：「逃出地牢不過是逃過了兩日後的死期，這外面的人世也沒什麼值得期待的，過一日是一日。」

阿紀點頭道：「咱們都是北境尊主點名要殺的人，你們離開且好好注意些，這幾日往南方的路必定查得極嚴，或可在北境內避避風頭再走。」

兩人道謝之後，拜別離開，阿紀這才轉頭對姬寧道：「你就跟我走吧，等離開了北境，你再自己找出路。」

姬寧呆呆地點點頭，還沒反應過來。

阿紀拉著姬寧往更北方的風雪森林而去。她想，而今，就算走沒有路的天山，也比直接南下簡單。

他們踏入了風雪森林，背後沒了追兵，阿紀帶著姬寧也走得不急，路上還有時間閒聊上兩句，而阿紀沒想到的是，她本以為這森林不一會兒便能走出去，但在裡面轉了兩三個時辰，也未找到出路，反而越走，四周的氣溫越低。

四周的樹連樹幹都開始結冰。

姬寧已經有些受不了了。

阿紀將自己外面的衣服給了姬寧，還用法術點了個狐火在掌心給兩人取暖，但越是往前，寒意越是刺人，即便有狐火點著，暖了身前，身後也是一片刺骨寒意。姬寧凍得睫毛都結上了冰。

阿紀心想，森林裡的溫度和外面的溫度未免相差太大，這溫度委實低得太不正常。她懷疑這森林裡有不為人知的東西，或許是個妖怪，或許是什麼奇怪的陣法，總之定不是個好對付的，她打了退堂鼓。

正想和姬寧說要調頭，卻未料在轉過兩棵樹之後，面前倏爾豁然開朗，但他們看見的並不是出口，而是一片結冰的平地，被一圈完全被冰凍住的雪白樹木圍著。平地之上冒著尖銳的冰凌，冰凌或高或低，參差不齊，像是要將踏上這片地的人都刺穿一樣，讓人見而生畏。

姬寧害怕地退到阿紀身後說：「我……我們要不回去？這裡好生詭異……」

阿紀點點頭，正要轉身，卻鬼使神差一般，踮腳往冰凌裡面望了一眼。忽然，她身子一頓。

「等等……你在這兒等我一下。」

她給姬寧周身丟了一圈狐火，將他圍在其中，給他取暖，自己往遍布冰凌的平地踏進。

「阿紀……」姬寧輕聲叫著，都不敢喚得太大聲，生怕驚擾了四周風雪。

阿紀一步一步踮著腳尖，往平地中間走去。

她低頭看著下方的冰凌，在厚厚的冰塊下，她好似看見了黑色的布料，布料上繡有暗紋，再往前走一小步，她看見有銀色的頭髮在冰凌之下的冰層中被凍住，接著再往前……

阿紀終於看清楚了。這布滿冰凌的冰層下面，竟然躺著一個人？

這是誰？為什麼會躺在這兒？

他還活著嗎？

阿紀彎下腰，用狐火融化了地面上的冰凌，冰凌化為水，很快又結成冰，阿紀並不是想就此將冰層融化，只是讓自己能有一個方便落腳的地方。

她跪坐在冰上，趴著仔細探看冰層下的人。冰裡面的結構讓他的面容有些支離破碎，使她無法完全看清這人。但她莫名覺得，光從輪廓來看，這便應該是個極美的人……

這麼長的銀髮……是男是女……

「阿紀……」姫寧在後面，看她趴了下去，擔心地呼喊著：「阿紀你在看什麼，我們快走吧……」

阿紀坐起身來，轉頭看了姫寧一眼，還未開口說話，倏覺身下冰面一震。

震動不強，但很清晰，她微微轉頭，往下一望，只見冰層裡面，紋理之中，一雙藍色的眼睛倏爾睜開。

阿紀一愣，與之四目相接，恍然之間，四周冰雪彷似都已靜止，而她的心跳聲逐漸變大，每跳一下，便有一個聲音在她耳邊喚道：「長意……長意……」

她率先想起的，便是這樣的兩個字。

好似，懷了滿腔的情緒在喟嘆著什麼……

*

「喀」一聲輕響，阿紀趴著的冰面倏爾裂開了一條縫隙。

也是這一聲動靜，讓阿紀陡然回過神來。

有危險，她不應該待在這兒！

阿紀手撐在尚未完全裂開的冰面上，一用力，腳一蹬，縱身而起，想要離開這塊神祕人的沉睡之地。但當她躍起的那瞬間，她只覺得手腕倏爾被四周冰雪凝成的鏈條纏住，這鏈條雖是冰雪凝成，卻堅韌異常，蠻橫的法力灌注在冰雪之中，只一接觸，阿紀便知道，只有三條尾巴的自己無論如何也鬥不過這人……

她心頭想法只來得及一閃而過，那鏈條便拽著她的手腕，將她往地上狠狠一拉。

阿紀全然沒有掙扎的餘地，「轟」的一聲一頭撞在冰面上。地面堅冰碎裂，冰雪的粉末升騰而起，讓周圍彷似起了一層仙霧。

「咳咳……」寒冷的空氣夾帶著細小的粉末，被她吸入喉嚨，讓她不得不咳了兩聲。她倒在碎冰之中，身上皮膚被四周尖銳的冰凌劃出不少血痕。

「阿紀！」不遠處傳來姬寧擔心的呼喚。

阿紀卻沒有心思回應他。她在雪霧之中、碎冰之上慢慢爬了起來，目光逡巡四周……

腳下堅冰的冰層已經徹底碎裂，冰層下的人早沒了蹤影。她凝神探尋著四周氣息，試圖將那人找出來。這人很厲害……這看似再普通不過的一擊，在出其不意間，竟讓她傷成這樣……而她卻連他的臉都沒看見。

雪霧在短暫的升騰之後緩緩落下，忽然間，阿紀只覺右側有黑影一閃，她目光往右方看，但在她眼珠轉動的一瞬間，另外一側倏爾竄出數條冰雪鐵鍊。阿紀飛身而起，躲過兩條，但鏈條的速度遠遠超過了她的感知力，在她毫無所覺之時，一條鏈條驀地纏上她的腰。

阿紀一驚，想用狐火將鏈條燒掉，但為時已晚。

腰上的鏈條將她一拉，徑直把她從雪霧之中拽出，阿紀後背又狠狠撞在一棵冰樹之上，鏈條如蛇飛速纏上她的身體，將她結結實實綁在了冰樹上。

這鏈條力量之大，徑直將阿紀撞得胸腔一痛，那些被她吸入肺部的冰雪粉末此時也在她身體裡對她發起了進攻似的，她倏爾一張口，驀地便吐出一口鮮血來。

阿紀被緊緊綁在冰樹上，額上的汗被風一吹，在她臉上幾乎結冰。

她看著面前的雪霧，霧氣漸漸散去，黑袍在霧氣中若隱若現。阿紀得見來人位置，在手腳皆被綁住的情況下咬破嘴唇，猛地深吸一口氣，在那人即將踏出霧氣之時，一個巨大的黑色火球向那人噴去。

狐火溫度炙熱，直將四周冰雪融化，飄在天上的雪霧霎時化為毛毛細雨，在這還是冰天雪地的北國下了一場春雨。

冰雪鏈條也在這炙熱的溫度當中被融化為水，阿紀摔坐在地，捂著胸口，看著前方，忽聽振袖之聲輕響，面前的黑色狐火頓時消散，黑衣銀髮的男子從綿綿細雨中踏步而來。

那藍色的眼瞳如大海一般深邃而清澈，但溫度卻比這北境還冷。

四目相接，阿紀一時間竟忘記自己與他剛經歷了一場拚死之鬥。

她呆呆看著他。這人的輪廓五官清晰地展現在她面前。他每近一步，便彷彿在她腦海中掀起了一波驚天海嘯，許多畫面被百米巨浪推著，湧到她心頭，但只將她心尖城池摧毀殆盡，其他的，什麼也沒留。

他是誰？

這問題一起，也根本不需要別人回答，她顫抖的嘴唇便突兀地，絲毫不受她控制地吐出兩個字來。

「長……意……」

這個名字脫口而出，面前人驀地停住了腳步。

長意看著她，藍色的眼瞳裡飄過一絲疑惑，但顯然，這絲疑慮並沒有讓他停住腳步，他走到她身前，居高臨下看著在剛才的爭鬥中被打敗的阿紀。她渾身是血，滿臉狼狽。

「你是何人？」

他問她。

那麼倨傲孤高的模樣。

阿紀閉上眼，將心頭那些異樣的情緒壓下，找回了理智。

北境、銀髮藍瞳、力量強大，黑袍中的暗紋彰顯他身分的尊貴……以上特徵都指向那高高在上的唯一一人——北境尊主鮫人長意。

世人皆知他的名字，只是無人叫他長意，大家更喜歡稱他為鮫人，畢竟這舉世聞名的鮫人，也就只有他一個。

阿紀睜開眼，心頭覺得有些好笑，之前在牢裡，蛇妖還在與她開玩笑，讓她去殺了鮫人，坐上北境尊主之位。而今看來，這果然是一個遙不可及的夢。

她雖然只用了三條尾巴的力量，卻敵不過這鮫人隨便捏出來的一條鏈子。想來，他是一成的力量也都未盡吧……

栽了，一頭撞上棺材板……

她認命地仰頭看向長意，笑道：「尊主大人，我路過，不知您在此休憩，打擾了……」

她如今只指望眼前這個鮫人不認識她，就真的當她是路過，糊裡糊塗地將她放了。左右……他在冰雪森林裡躺著，應該還沒有人來得及告訴他，牢裡的四個犯人跑了吧……

鮫人瞇起眼，打量著她。

忽然，空中驀地傳來鳥兒振翅之聲，阿紀仰頭一看，只見一隻雪鷹盤旋，巨大翅膀張開，陰影在阿紀臉上掠過，雪鷹飛下，化為人形，跪在鮫人身側道：「尊主，地牢之中，盧瑾炎、蛇妖以及空明大師令人送回的國師府弟子及狐妖四人打傷數名獄卒，從地牢逃了。」

阿紀張了張嘴，看著那雪鷹妖怪，肚子裡彷彿住了一個盧瑾炎，惡狠狠地在裡面踹著她的胃，在她身體裡罵了一萬句「你娘的」……

那人話音落下，鮫人的目光又轉了回來，在她身上輕描淡寫一掃，隨即又往旁邊一看。姬寧早在他們開始打架的時候便被綁在了一旁的樹上，他還更慘一些，嘴巴被鏈條綁住了，全然說不出話來……

哦……阿紀忽然明瞭，原來之前她剛開始打架的時候，姬寧叫的那一聲「阿紀」不是在擔心，而是在呼救啊。

而現在，鮫人的目光在姬寧身上一掃。他雖然被緊緊綁著，身上的衣服也髒兮兮的，但仔細一看，還是能分辨出來，那乃是國師府弟子的衣裳。

鮫人目光又轉了回來。那眼神彷彿將他們倆的身分唸叨了一遍——狐妖和國師府弟子。寒冽的空氣短暫沉默了片刻。阿紀覺得有些難言的尷尬，決定再掙扎一下。

「我真的是路過的……」

來稟報消息的雪鷹妖怪這才往旁邊看了一眼。看見他們兩人，雪鷹妖怪彷彿也有一些驚詫似的道：「咦……」

阿紀垂頭嘆息。別咦了，就是我們……

「帶回去。」

鮫人冷冷地發布指令。

雪鷹妖怪立即點頭應是，末了還不忘捧一句臭腳：「尊主英明。」

阿紀除了嘆息，乖乖認命，並不知道還該說什麼樣的言語。

＊

阿紀與姬寧被帶到了大殿之上。

這本是朝廷設立的北方馭妖之地，阿紀轉頭看了看四周，大殿布置簡單，光線通透，主座位於中間最高之處。此時，一襲黑袍的鮫人正坐在主座之上，神色冰冷，極是威嚴。照理說，他當令人見之膽寒，但阿紀卻不怕他，莫名地……不怕他。

哪怕之前還被他打了一頓……

她甚至覺得，這個鮫人坐在那個位置上的時候，看起來太過孤寂，孤寂得……令她有些莫名的痛。

阿紀不知道自己是怎麼了，她能直覺地感受到，這個鮫人應該就是林昊青不讓她來北境的理由。不然，初見他時，她為何會有那麼真切的感受？這個鮫人一定是之前在她生命裡極為重要的人。

是仇人，還是愛人？

阿紀猜不出來，什麼也想不起來，只能做最初步的判斷——她和這個鮫人的關係應該不是太好。

林昊青是救她的人，對她很好，還作了她的師父，教她術法，讓她學會保命的本事，最重要的是，林昊青對她無所求……

離開杏林之後的一路上，阿紀其實思考過自己與林昊青的關係，但林昊青隱瞞得太多，她唯一能確定的一點，是林昊青想保她的命。既然如此，林昊青不讓她見的人，那必然是對她性命有礙，或者要對她不利的人。

這個鮫人是她的仇人嗎？她對這鮫人有這麼強烈的情緒，但這鮫人卻不認識她……

阿紀想到此處，愣了愣，摸了摸自己的臉。

原來如此……所以林昊青才勒令她，一定要學會變幻之術，不能用真實面目示人，不能展現雙脈之力，她的臉和她體內的雙脈之力，一定會引起這個鮫人的懷疑……

阿紀被押著跪在大殿之上，主座上的鮫人閉目養神，不過片刻，身後傳來其他人的腳步聲，來人吵鬧的聲音將阿紀從自己的世界裡拉了出來。

「別推老子！老子有腳！」

聽到這熟悉的聲音，阿紀不由得轉頭往身後看去，只見大殿外，有兩個人和她一樣，被綁著手押了上來。

盧瑾炎與蛇妖竟然……也被抓回來了嗎……

所以……他們的越獄，在分道揚鑣之後，立即宣告失敗了嗎？

盧瑾炎與蛇妖此時也看見了被扣在殿上的阿紀與姬寧。他們二人也是一愣，盧瑾炎忘了要罵人，被人一踹膝彎徑直跪下。他目光還直直盯著阿紀與姬寧，道：「你們……」

姬寧弱弱地答道：「我們遇到了……鮫人……」

盧瑾炎一仰頭，看了高高在上的鮫人一眼，長嘆一聲。

阿紀問：「你們又是怎麼被抓的？」

聽聞此言，盧瑾炎心頭一陣血恨，咬牙切齒道：「這狗東西在路上又和我打起來……」

阿紀明白了。

她的目光在蛇妖與盧瑾炎身上轉了一會兒後道：「你們命裡犯沖就不要見面了，各走一邊不好嗎？」

蛇妖悠悠道：「我想啊。」

「我他娘也想啊！」盧瑾炎怒道：「你給老子閉嘴。」

「你怎麼不閉嘴？」

聽著四人嘀嘀咕咕了好一陣，鮫人這才睜開了眼睛。他一睜眼，站在旁邊的士官便叱道：「安靜！」

大殿靜了下來，適時，旁邊走來三名獄卒，其中一人似是牢頭。三人行了禮，跪在殿前道：「尊主！我等無能，請尊主責罰！」

鮫人的目光轉到牢頭身上。他看了牢頭片刻，點頭道：「好，看不住犯人，要這眼睛也無用。」

牢頭當即嚇得腿一軟，直接癱倒在地。

在場眾人皆是一驚。

阿紀尤為不敢置信，她皺眉盯著鮫人，怎麼也無法想像這幾個字竟然會從他嘴裡吐出。

鮫人目光一轉，看向阿紀說：「牢中不想待便也罷，即刻處死。」

盧瑾炎三人聞言，皆是面色慘白。

鮫人站起身來，神色冷漠，欲邁步離去。阿紀看著他，看他一步一步，即刻便要走出殿外，好似這殿中已經沒有人了，皆成了地上的屍首。他的冷血讓阿紀心頭莫名湧上一股情緒，她說不清這情緒裡是憤怒更多，還是失望更多，抑或……是打從見他開始，便一直纏繞心頭的，若有似無的心痛。

她站起身來，背脊挺直，看著那鮫人的身影，道：「站住。」

這兩個字讓所有面色慘白之人的目光都落在了她身上。

長意腳步一頓，側著身，微微轉過眼看她。

阿紀上前一步。

殿中侍衛立即按住刀柄，情勢霎時變得緊張起來。

「這殿中人，你一個都不能罰。」她說著，手腕之上狐火再起。她努力維持著自己的變幻之術，而在她的身後，倏爾出現了四條黑色的狐狸尾巴。

盧瑾炎三人驚詫。眾人都知道，狐妖多一尾，力量便強上數倍。他們愣愣看著阿紀，只見在第四條尾巴出現後，她周身登時黑色狐火大作，一聲輕響，那在她身後縛住她雙手的鏈條登時被燒斷。

殿中侍衛拔刀出鞘，刃口離開刀鞘的聲音混著滿殿的黑氣，更將殿中添了幾分肅殺。

長意看著阿紀。面前這個妖怪，明明是男子，但他說話的模樣，卻帶著幾分讓他無法忽視的熟悉感。他注視著他，直到自己藍色的眼瞳被黑色的火焰照耀，光華流轉間，幾乎快被染成墨色。

這熟悉的感覺轉瞬即逝，卻足以讓他駐足停留。他打量著阿紀身後的尾巴。黑色的四尾狐妖……

他尚且記得，將紀雲禾煉為半人半妖的那一半妖怪，便是黑色的九尾狐……

「憑什麼？」他開了口。

燒掉鏈條，阿紀周身狐火慢慢隱去。她上前一步，不卑不亢地看著長意。

「憑我相信，北境不該是這樣的地方。」她道：「我也相信，能讓馭妖師大軍陣前倒戈的北境尊主，不是昏庸暴戾之主。」

好似被這句話觸動了什麼記憶，長意眸光波動。

自冰封了紀雲禾之後，長意便似是將過去與紀雲禾的記憶都冰封了一樣。他刻意讓自己忘卻過去，忘記紀雲禾，也忘記與她經歷過的事，但只要有一絲半點的縫隙，那些回憶的畫面便會撞破他腦中的冰雪，從冰窟裡衝出來，在他腦中橫衝直撞，將一切都撕得一片血肉模糊。

宛如現在。

那馭妖台外的兩騎馬，那漫天風雪，還有紀雲禾的神色姿態，都從他的心間闖出。

面前狐妖鏗鏘有力地說著，一如那日大軍當前而毫無懼色的紀雲禾。

「盧瑾炎，於陣前倒戈的馭妖師，他願入北境，便是許北境以信任；這蛇妖，知人世處處皆苦，流離北境，為北境所用，也是許北境以信任。你若殺他們，既辜負了他們二人的信任，也辜負了他們身後所代表的，降北馭妖師與流離投奔而來的妖怪。眾人前來北境，是因為這裡有他們所求的生存與尊嚴，若因私人恩怨便要被賜死，獄卒因犯人逃走也要被賜死，你這裡便不再是北境，不過是立在朝廷北邊的另一個朝廷，而你也不過是另一個大國師。被天下人所畏，也被天下人所棄。」

阿紀的話令在場眾人無不專注聆聽。

「我不信你不明白。」

他明白，只是這一切於他而言，都不再重要了……

阿紀未等他心頭思緒落下，叱道：「我看你這鮫人是身居高位久了，忘了初衷。你今日作風，怕是全然對不住那些為北境而死的亡魂！」

大殿之中，侍衛們也在面面相覷，皆是被阿紀這一番話動搖了，有人大著膽子，回頭看了一眼站在高位的長意，他孤身一人，站在那方，只看著殿中的狐妖，不言不語。

阿紀繼續道：「今日，以你之力，要殺我綽綽有餘。但我也許你這份信任。我信你不會殺我。」

她說罷，站在原處，直視長意的眼睛。殿中靜默許久，幾乎連針落之聲也能聽見。

在眾人皆因沉默而心驚之時，長意倏爾開口道：「你叫什麼名字？」

「我叫阿紀。」

長意目光空了片刻。他轉身離去，只有略顯低沉的聲音留在殿中。

「你和他們的命保住了。」

阿紀一愣。

長意方一離開，盧瑾炎便立即站了起來，還沒讓人鬆綁，便對著阿紀道：「厲害啊！你這口舌好生厲害啊！老子這聽得都認為，鮫人要是殺了我們，那馭妖師和妖怪都得反他了！老子頭一次覺得自己這麼重要！」

姬寧也一直抹汗。「我才是嚇死了，阿紀哥你一直說為什麼要留下他倆，我還以為最後就我一個人會被拖出去砍了呢……」

盧瑾炎哈哈大笑，拍了拍姬寧的腦袋說：「瞧把你嚇得，汗水把頭髮都弄溼了。」

那三名獄卒也立即走過來道：「哎呀！多謝公子啊多謝公子！」

在眾人的感激之中，阿紀卻呆呆看著長意離去的方向，撓了撓頭。

蛇妖看著她，笑道：「這是怎麼了？救命恩人方才慷慨激昂一番陳詞，說得鏗鏘有力，現在卻有些呆愣了？」

阿紀搖頭笑笑道：「沒有。我只是覺得，留下咱們這條命的，不是我剛才那番話……」

「那還能是什麼？」盧瑾炎心直口快，道：「難不成是你的名字嗎，哈哈哈哈！」

阿紀正色看向盧瑾炎，微笑道：「好像正是我的名字。」

眾人愣了愣，只當她胡言亂語，糊弄了過去。

阿紀又望了一眼鮫人離開的方向，這才轉頭，隨劫後餘生的眾人一同離開了大殿。

＊

三月裡，遙遠的南方已是春花遍地，而北境依舊寒冷難耐。

月夜之下，湖上的堅冰未化，蕭索長風中，唯有一個黑袍人如墨點一般點在一片孤寂的縞素裡。

他靜靜負手立著，若不是長風帶動他的衣袂與銀髮，恍惚間，還讓人以為他已被這寒冷凍為一塊堅石。

山河不語，他亦是沉靜，直到頭頂明月將沉，他方才微微動了唇角說：「有人說了妳會說的話，還有和妳相似的名字。他說我錯了。」他頓了頓，垂下眉目，看著腳下冰面。「我當然錯了。」

從六年前他決定留在北境開始，就錯了。

甚至更早，在馭妖谷遇見紀雲禾時，在十方陣中隨她一同躍入深淵之時，就錯了。更甚者……他當初在那滔天巨浪中，根本就不該去救一個人類——一個封號為順德的公主。

這一場人世糾紛，本該與他毫無關係。

但是……

他轉身離去。

「錯了便錯了。」

他的聲音和身影逐漸消隱在一片風雪之中。

死裡逃生之後，阿紀理智上認為，自己應該馬上離開北境，帶著姬寧南下，到時候尋個安穩的時機把姬寧趕走，她還是能繼續在人世中求她自己的安寧。

但很奇怪，昨日見過那鮫人之後，阿紀卻還想再見他一面。雖然……上一次見面，他就把她打得吐血。

那個鮫人很危險，她不該靠近他，但是……

阿紀腦中倏爾回憶起昨日他離去的背影。他離開時，所有人都在慶幸自己死裡逃生，而他卻像背對著所有生機希望，獨自走向了死一般的孤寂。

阿紀覺得……他很可憐。

「哎！阿紀，問你呢？」桌子對面的盧瑾炎拿著酒罈「咚」地往桌上一放。「之後你怎麼打算啊？」

阿紀這才回神。

她與姬寧昨日被蛇妖安排在馭妖台外的客棧裡住了一晚，今日還沒到正午，盧瑾炎便扛著兩罈子酒來找她了。

阿紀看了看桌上的酒，笑道：「要喝了這麼一罈，我什麼打算都白打算了。撤了，給我拿茶來。」

姬寧也小聲插了句話：「我也喝茶……」

「你們國師府的人什麼德行我知道，不強迫你喝酒。」盧瑾炎一邊嘀咕著，一邊從旁邊拿來兩個粗陶大碗，給阿紀和姬寧一人倒上了一碗粗茶。「但你一個妖怪，不喜歡吃肉喝酒，喜歡喝茶？你怕不是跟著哪個清心寡欲的馭妖師修術法吧？」

阿紀笑著端起茶碗道：「我還就是跟馭妖師修術法的。」

盧瑾炎一聲嗤笑：「你騙誰呢，你一個狐妖都修出四條尾巴了，這身本事要是馭妖師教的，那整個天下都該知道那馭妖師的名字，你倒是說說呀，誰這麼好本事？」

阿紀在心裡嘀咕，林昊青的名字，還真是整個天下都知道呢。只是她不能在這兒說……

她喝了口茶，剛想搪塞過去，忽然身後傳來一陣路人的驚呼，緊接著，一個熟悉的聲音在耳邊響起：「我也好奇是誰教的。」

所有人的目光霎時被這聲音吸引了過去。

盧瑾炎與姬寧但見來人，霎時面色一白，阿紀剛喝進嘴裡的茶又吐回了碗裡。她一轉頭，來人黑袍、銀髮、藍眼睛，便是那聞名天下的鮫人特徵……

「尊……尊主……」盧瑾炎屁股一歪，撲通一聲摔坐在地上。姬寧也立即一連退了三步遠，在角落蹲下了。在這般氛圍下，阿紀也不由自主站了起來，愣愣看著長意。

身邊的人都悉數躬身行禮：「尊主……」

只有阿紀一人看了看他，又看了看四周人，手在胸前比劃了兩下，實在沒搞懂這個禮到底是怎麼行的，最後只得依樣畫葫蘆，不倫不類地把左手放在胸前道：「那個，尊主……」

阿紀垂頭，心道，這兩個字喊出來，還真是莫名彆扭……

長意看著阿紀的腦袋說：「起來，今日我也是來喝茶的。」

他說著，自顧自走到了阿紀對面的位置……

這一張桌，三方都有人坐，唯有那位置一直空著。長意一落座，身邊的路人霎時跑了乾淨。

長意轉頭，看了眼還呆呆的盧瑾炎和姬寧說：「你們不坐了？」

「我……我尿急！」盧瑾炎急中生智，跳起來，捂了褲襠。「哎，對，嘿嘿我尿急！」

他立即邁腿跑了，蹲在牆角的姬寧也顫巍巍說了句：「我也急……」然後連滾帶爬地跑了。

只剩下桌子對面站著的阿紀。

長意好整以暇地抬頭看她說：「你呢，急嗎？」

阿紀打量著長意的神色。

「我可以急嗎？」

「最好不急。」

然後阿紀乖乖坐下了。

「是不太急。」她說著，心裡卻犯嘀咕……

這尊大神，昨日看著那般孤寂高傲，宛如天邊孤鷹，今日怎麼就落到他們這雞簍子裡來了？難不成是昨日要他們的命沒要成，回去輾轉反側不甘心，今日還特意來找他們麻煩嗎？

「尊主……」

「接著說。」

「嗯？」阿紀被打斷得有點莫名。「說什麼？」

「是哪個馭妖師教你這身本事？」

竟是還記著這件事……阿紀琢磨了片刻，不動聲色地撒了謊說：「我逗盧瑾炎的，我這身本事，都是自己學的。」

說來也奇怪，她當著這鮫人的面撒謊的感覺……竟然也有幾分莫名熟悉……

她以前和這鮫人的糾葛，莫不是她騙了人家什麼貴重的東西？她難道是個賊嗎……

阿紀這方在尋思，那邊長意也緩緩給自己倒了碗粗茶，抿了一口，茶葉的苦澀味道在唇齒間蔓延。他看著茶碗，繼續問道：「哦，那又是何時修成人形？二尾得何機緣而成，三尾又是如何突破？及至四尾，你應當有許多修行的故事可以說。」

言罷，他幽藍色的目光才轉到阿紀身上。

阿紀被他冷冽的目光盯著，嘴巴張了張：「我……」她終於道：「尿急……」

「去吧。」長意放下茶杯。「回來說也一樣。」

阿紀推開茶碗，也忙不迭地往客棧後面跑了。她一離開，只剩長意一人獨自坐在客棧大堂中間，四周除了小二，再無他人。

小二和掌櫃眉眼交流了許久，終於，掌櫃走上前來，陪著笑問：「尊主……前些日子打南邊來了一些上好的茶，要不我給您換換？」

長意轉頭看了掌櫃一眼。

自從冰封紀雲禾以後，長意已經許久沒有記住身邊人的長相了。他們在他眼中都是一張模糊的臉，今日見的與昨日見的沒什麼不同，不同的只是他們身上的標記，他的侍從、謀士、軍將……

但今日，他卻將這個掌櫃的臉看清了。

他臉上溝壑深藏，是飽經人世滄桑的印記。掌櫃的眼中帶著的討好與卑微是他內心恐懼的證據，他在害怕他，但又不得不服從他。

長意轉過頭來，轉了轉手中未喝盡的苦茶。

昨日大殿之上，這個叫阿紀的人的叱問尚在耳邊——「我看你這鮫人是身居高位久了，忘了初衷。你今日作風，怕是全然對不住那些為北境而死的亡魂！」

他仰頭，將手中粗茶一飲而盡。

「不用了。」他聲色淡淡地道：「這茶很好。」

掌櫃一驚，眨了一下眼說：「哎？這茶……這茶……」

「我坐片刻便走，你忙自己的，不用管我。」

「喔……好……」

掌櫃摸著腦袋走到了一旁，和小二面面相覷，而這方長意一邊又給自己倒了碗茶，一邊耳朵動了動。他敏銳的聽力聽見客棧後面，三個人嘰嘰喳喳地討論著。

盧瑾炎空洞茫然地問：「怎麼辦？」

「我們是不是尿太久了？」姬寧問。

阿紀抓了抓頭髮說：「那個……妖怪……怎麼說呢？我想想……唔……」她聲色倏爾鎮定下來。「算了……我們溜吧！」

另外兩人有些不解地道：「啊？」

「走走走，咱們從後門走。」

一陣窸窸窣窣的聲音後，後院便再無動靜。

長意看著碗裡的茶，茶水映著他的眼瞳，他倏爾勾唇一笑，將碗中茶飲進，隨即摘了身上的玉珮放在桌上，說：「忘了帶銀子，便用它抵茶錢了。」

他沒再看震驚的老闆和小二，走出了門去。走過繁華的小街，長意輕輕喚了聲：「來人。」黑影侍從如風一般，悄無聲息地出現在長意身側。侍從單膝跪地，俯首聽著長意吩咐：「去查查那隻狐妖到底有幾條尾巴。」

「是。」

侍從簡短應了一聲，眼看便要離開，長意倏然又道：「等等。」

黑影身形頓住。

「抬起頭來。」

黑影一愣，呆呆地將頭抬起來道：「尊主？」

一張清秀的臉，年歲不大，卻已是一臉老成。

「我記住了。」長意邁步繼續向前。「去吧。」

是的，他是該記住，這一張張臉、一條條人命，他們對他交付鮮血與信任，他們什麼都沒做錯，何以要為他的步步錯承擔代價……

（未完待續）

馭鮫記

國家圖書館出版品預行編目資料

駁鮫記 / 九鷺非香作 . -- 初版 . -- 臺北市 : 臺灣角川股份有限公司 , 2021.05

冊 ;　公分

ISBN 978-986-524-395-1(第 2 冊 : 平裝). --

857.7　　110003515

Kadokawa
Fantastic
Novels
DX

馭鮫記 貳

（原著名：驭鲛记）

2021年11月10日 初版第1刷發行
2023年3月14日 初版第2刷發行

作　　者：九鷺非香
發 行 人：岩崎剛人
總　　監：呂慧君
編　　輯：蘇涵
美術設計：吳佳昫
印　　務：李明修（主任）、張加恩（主任）、張凱棋

發 行 所：台灣角川股份有限公司
地　　址：104台北市中山區松江路223號3樓
電　　話：（02）2515-3000
傳　　真：（02）2515-0033
網　　址：www.kadokawa.com.tw
劃撥帳戶：台灣角川股份有限公司
劃撥帳號：19487412
法律顧問：有澤法律事務所
製　　版：尚騰印刷事業有限公司
ＩＳＢＮ：978-986-524-395-1